# MARIANA BOSCAIOLO

# Salvatore

Ein Mafioso
sucht
das Glück

ROMAN
spiritbooks

Das Werk, einschließlich aller seiner Teile, ist urheberrechtlich geschützt. Jede Verwertung ist ohne Zustimmung des Verlages und des Autors unzulässig. Dies gilt insbesondere für Vervielfältigungen, Übersetzungen, Mikroverfilmungen und die Einspeicherung und Verarbeitung in elektronischen Systemen.

© 2020 spiritbooks / 70771 Echterdingen
Verlag: spiritbooks, www.spiritbooks.de
Autor: Mariana Boscaiolo
Covergestaltung: OOOGRAFIK, www.ooografik.de
Bildquellen: Adobe Stock, www.adobe.stock.com
Aerial view of Palermo, Sicily, Italy, Datei-Nr.: 205966029, Urheber: dudlajzov
Bullet holes, Datei-Nr.: 93183988, Urheber: totallyout
Italian flag on vintage paper, Datei-Nr.: 12348854, Urheber: asem arab
successful lawer man, Datei-Nr.: 144649983, Urheber: Andrey Kiselev
Druck und Vertrieb: tredition GmbH, Hamburg

ISBN: 978-3-946435-61-7 (Paperback)
ISBN: 978-3-946435-63-1 (E-Book)
1. Auflage

Handlungen und Personen dieses Romans sind frei erfunden. Ähnlichkeiten mit realen Handlungen oder Personen sind rein zufällig.

„Unsere wahre Aufgabe ist es, glücklich zu sein."

Dalai-Lama

# Übersicht

**Familie Pulvirenti (Palermo)**
Don Pulvirenti (der Padre): Oberhaupt der Familie
La Mamma: seine Frau
Massimo and Pepe: Brüder des Padre
Nonno: Opa (Vater des Padre)
Salvatore (alias Salvi): ältester Sohn des Padre
Sergio und Gianni: Salvatores jüngere Brüder

**Freunde von Salvatore in Palermo**
Vincenzo (Enzo): Schönheitschirurg
Luigi: karrieresüchtiger Lokalpolizist

**Familie Pappalardo (Kalabrien)**
Don Pappalardo: Oberhaupt der Familie
Fernando: sein Sohn
Nina: Tochter, Anwältin in Palermo
Riccardo: Ehemann von Nina
Maria: Tochter, 9

# Prolog

Ihr Schulranzen stand günstig. Wenn er geschickt war, konnte er den Brief schnell hineinschmuggeln. Tagelang hatte Salvatore an ihm gefeilt. In verschiedenen Farben, mit verschiedenen Stiften. Vollgekritzelte Blätter lagen im Papierkorb und überall verstreut auf dem Boden.

„*Ti voglio bene, Nina*. Willst Du meine Freundin werden?", hatte er geschrieben.

Mal war das Blatt halb leer, dann die Schrift zu groß oder ein Schreibfehler hatte sich eingeschlichen.

Irgendwann aber war der Brief perfekt und er vernichtete alle Entwürfe.

Er schrieb noch „Dein Salvatore (Salvi), 11 Jahre" darunter.

Jeden Buchstaben sorgfältig in einer anderen Farbe. Fast wollte er noch ein Herz dazu malen, aber dann ließ er es sein. Zu kitschig.

Es war ein sonniger Donnerstag im Mai.

Die 5. Klasse und auch Nina hatten den Schulraum verlassen. Sein großer Moment war gekommen. Er ließ den quadratischen, blauen Umschlag in ihren Ranzen gleiten und lief mit klopfendem Herzen auf den Pausenhof zu den anderen Schülern.

Später beobachtete er, wie Nina nach Hause ging, die bunte Schultasche auf dem schmalen Rücken. Ihre langen, braunen Haare fielen locker darüber.

Danach war es Salvatore den ganzen Nachmittag lang übel. Wenn nun Ninas Mutter den Ranzen öffnete oder Nina „nein" sagen würde, wie peinlich! Er legte sich ins Bett und fieberte alle Möglichkeiten durch. Mit diesem ständigen Herzklopfen konnte er nun wirklich keine Hausaufgaben machen.

Seine Mamma machte sich bereits Sorgen und sagte: „Salvi, wenn das so weiter geht, muss ich den Dottore rufen."

Er winkte ab und würgte die kalten Butterspaghetti, die auf dem Nachttisch standen, hinunter.

Am nächsten Morgen, gleich vor der ersten Stunde, gab ihm das Schicksal den entscheidenden Wink.

Auf seinem Platz, ein winziger hellgrüner Aufkleber. Die Antwort, das grüne Licht!

Auf dem Sticker standen nur zwei Worte:

*Si! Nina.*

Salvatores Herz flatterte aufgeregt wie das eines bunten Kolibris und schwebte Richtung Himmel.

Was Jahre später passieren sollte, konnte er ja nicht ahnen …

# 25 Jahre später

*„Wisch das Blut auf, Salvi!"*

Der Padre wirft Salvatore einen dreckigen Lappen zu.
„Und dann lässt du den Typ verschwinden."
„Der lebt ja noch", stammelt Salvatore vorsichtig.
„Dann mach dem ein Ende, du Stümper. Ach, lass es! Sergio mach's du, unser Salvatore ist und bleibt ein Weichei."
Salvatore dreht sich angewidert weg, er kann kein Blut sehen. Das geht ihm schon beim Blutabnehmen so.
Sergio setzt seine Brille, dann den Schalldämpfer auf.
Das Opfer, Don Pappalardo, wimmert, blickt entsetzt auf das Blut auf dem Holzboden. Mit einem dumpfen Knall beendet Sergio den grausigen Anblick.
„Willkommen im Jenseits!"
Diesen dummen Spruch sagt Sergio immer, wenn er trifft.
Kein Entkommen: Salvatore, sein Vater, alias der Padre, und Salvatores Brüder, Sergio und Gianni, schleifen den schweren Körper nach draußen. Sie verstauen ihn im Heck des weißen Lieferwagens, getarnt als Pizzawagen.
Ich muss wieder mitmachen, ob ich will oder nicht,

sonst gibt's Probleme. Mafia-Schicksal, denkt Salvatore bei sich.

Es ist dunkel und ungewöhnlich kalt in dieser Nacht. Seltsam für Palermo. Der prasselnde Regen verwischt schnell ihre Spuren. Sie fahren los. In zwei Wagen. Der Tote und Salvatore im Pizzawagen und die anderen im schwarzen Lamborghini.

Typisch. Wieso kann ich nicht *Nein* sagen? Nie sage ich *nein!* Ich bin so ein erbärmlicher Angsthase. Angsthase, Pfeffernase, morgen kommt der Osterhase ..., hallt eine Stimme in Salvatores Kopf.

Er biegt vom matschigen Waldweg ab auf die graue Landstraße Richtung See. Dort wollen sie den Toten versenken.

Wer war der Tote überhaupt? Salvatore hatte bei der Planung mal wieder nicht richtig zugehört.

Nach ein paar Kilometern hört er es im Heck klopfen.

Bilde ich mir das jetzt ein? denkt er, während sein Blut gefriert. Bloß nicht durchdrehen!

Er tritt nochmal auf das Gaspedal, um die anderen einzuholen. Das Klopfen wird lauter, drängender, pocht in seinem Kopf.

Nochmal, Gas: 150 km/h. Rechts und links rasen Schatten hoher Pinien vorbei.

Mist, wo sind nur die anderen? Warum müssen die auch die Abkürzung fahren? Vor ihm plötzlich: Straßensperre!

Polizei?

Die verfeindete Mafiafamilie Pappalardo aus Kalabrien?

Es summt in seinen Ohren, seine Hände werden feucht, auch das noch!

Salvatore kann den Wagen nicht mehr bremsen, ist viel zu schnell, reißt das Steuer herum.

Der Kastenwagen schlittert aus der Kurve steil bergab die Böschung hinunter, begleitet von diesem grausigen Klopfen. Endlich, er bleibt irgendwo hängen.

Nur: Der Wagen springt nicht mehr an. Salvatore fischt nervös nach seinem Handy, tippt 888, die Familien-Notfall-Nummer.

Der Padre ist sofort dran. „Wo bist du, Salvatore?", schreit er.

„Wo seid ihr? Wieso rast ihr mir davon? Ich bin vor einer Straßensperre in der Kurve rechts die Böschung hinunter. Und euer toter Mann lebt übrigens noch!", stammelt Salvatore.

„Unsinn, du siehst und hörst Gespenster, der ist so tot wie ein Stein! Du bist erwachsen, jetzt hör mit deinen Fantasien auf. Du sollst mal mein Nachfolger werden. Also sei ein Mann und durchhalten!"

„Ich will nicht dein Nachfolger werden", stöhnt Salvatore in die Muschel, aber da hat der Padre schon aufgelegt.

Salvatore schließt die Augen. Einatmen, ausatmen,

nochmal und nochmal. Minuten vergehen. Das Klopfen, es hat tatsächlich aufgehört. Hat es das?

Er schreckt hoch. Nein, es klopft jetzt an der Scheibe. *Mamma Mia,* denkt er, soll das nun auch mein letztes Stündchen gewesen sein?

Aus den Augenwinkeln sieht er Giannis breites Grinsen. Sein Goldzahn blinkt. Mit Anfang 30.

„Entspann dich! Alles paletti, Bruder. Die Pappalardo haben tatsächlich die Straße gesperrt. Wahrscheinlich hatte der Tote auch einen Notfallknopf und Verstärkung organisiert. Du kommst jetzt hier raus und wir fackeln den Karren samt Inhalt ab. Zum See, das schaffen wir bei dem Chaos, das du fabrizierst, nicht. Die Bande von der Straßensperre haben wir schon kalt gemacht. War ein Kinderspiel. Kommst du nachher noch mit in die Trattoria?"

„Du, ich habe für heute eigentlich genug", erwidert Salvatore müde.

Das ist jetzt das allerletzte Mal, schwört er sich, aber das hat er sich die letzten 100 Male auch schon geschworen.

\*

Ein paar Stunden später sitzt Salvatore Pulvirenti, 36, ältester von drei Brüdern, vor seinem vollen Teller mit der für Sizilien so typischen *Pasta con le Sarde.*

Hochgewachsen, 1 Meter 85, muskulös, dunkle Locken umrahmen sein weiches Gesicht. Nur die Nase ist zu groß, gibt ihm aber etwas von einem stolzen Adler. Seine Augen sind kurioserweise hellgrün, wie das klare Meer bei Palermo.

Auf der Brust erinnert eine lange Narbe an die Messerstecherei mit Fernando, dem Sohn und Anführer des Pappalardo-Clans. Aus Kalabrien versuchen sie, immer weiter nach Sizilien vorzurücken, zum Leidwesen der Pulvirenti. Sizilien ist ihr Boden, schon immer gewesen.

Während die Familie einen Rotwein nach dem anderen bechert, versinkt Salvatore in Gedanken:

Ich bin ein stiller Mensch. Rede nicht viel, betrachte lieber das Meer, fühle den warmen Sand in meinen Händen, sammle Muscheln. Die gibt es bei uns in allen Farben und Formen. Ansonsten schreibe ich Gedichte und romantische Songs.

Ich mag hier nicht mehr mitspielen. Die Grausamkeit der Cosa Nostra, Drohungen, Erpressungen, schrecklich. Gianni und Sergio liegt es einfach besser. Ich fühle mich immer fremder in dieser brutalen Welt. Der Padre will nichts davon hören. Es gab schon arg Streit deswegen. Als ich ihm damals vorgeschlagen habe, einen normalen Beruf zu ergreifen, ging er auf wie eine Pizza Calzone:

„Schande! Schäm dich! Ich habe wohl in deiner Erziehung versagt", donnerte er los. „Nie wieder kommst du mir mit so einem Unsinn, dass das klar ist!"

Er verließ dann fluchend den Raum.

Nur, um wen geht es denn hier eigentlich?

Um mich, Mich, MICH?

Nein! Nur um ihn, Ihn, IHN!

Oft sitze ich nachts verzweifelt am Strand, frage die Sterne um Rat. Was tu ich nur hier …? Verbreite Leid, vergeige mein eigenes Leben, unterwerfe mich dem Willen anderer. Wie kann ich diesem Damoklesschwert entkommen? Ich müsste schon das Mittelmeer durchschwimmen, Richtung Afrika. Aber selbst da würde mich einer unserer Schlepper schnappen. Überall hat der Padre seine Finger drin: Libyen, Rom, und sogar in New York.

Ich kann ein Lied davon singen. Es ist unmöglich, seinen Fängen zu entkommen.

Vielleicht sollte ich zur Polizei gehen?

Als Kronzeuge hätte ich eventuell eine Chance da rauszukommen. Luigi, mein Freund bei der Lokalpolizei, deutet es manchmal an. Ob er etwas ahnt? Aber um danach zu überleben, müsste ich weit weg aus meiner geliebten Heimat. Vielleicht sogar bis nach Neuseeland. Schafe züchten.

Was wäre dann mit der Mamma, mit Nina? Ich würde auch sie ins Grab bringen.

Das bringe ich nicht übers Herz. Lieber opfere ich mich und mache weiter, so milde, wie es für einen Mafioso eben geht.

„*Dolce?*", ruft der Ober und reißt Salvatore aus seinem Traum. „*Cassata, cannoli, gelato?*"

Salvatore blickt auf, schüttelt dann traurig den Kopf. Nach so viel Blut bringt er keinen Nachtisch mehr runter.

Achselzuckend verlässt der Ober den Tisch.

Komisch, das hat Salvatore doch sonst immer gerne gegessen.

# Nina

„*Ciao Nina,* wie geht's dir? Du siehst blass aus. Sorgen?"

Salvatore trifft Nina ab und zu heimlich auf einen Cappuccino.

Immer um 11 Uhr. Da macht sie Pause in der kleinen Bar hinter ihrer Anwaltspraxis.

Nachdem er damals den Liebesbrief in ihre Schultasche geschmuggelt hat und sie seine Freundin wurde, hatten sie einen wunderbare Sommer. Am Strand schleckten sie Eis und bauten die besten Sandburgen. Abends versuchten sie schüchtern einen Tanz auf der Piazza.

Das war lange bevor sich die Väter ihrer Familien, Don Pulvirenti und Don Pappalardo, aus irgendeinem nichtigen Grund verfeindeten. Lange bevor Salvatore diese Messerstecherei mit Ninas Bruder Fernando hatte.

Salvatore hatte Nina nie aus den Augen verloren. Auch nicht, als sie diesen Riccardo heiraten musste.

„Ach ja", antwortet Nina. „Stress mit ein paar Fällen meines Vaters. Ich muss ihn und Fernando verteidigen. In mehreren fiesen Dingen. Unangenehm."

Salvatore malt mit seinem silbernen Espressolöffel ein Herz auf ihren Cappuccino. Das hatte er lange geübt.

„Ach Nina, sollten wir nicht beide verschwinden?

Wie damals, mit dem letzten Schnellboot nach Capri zum Sonnenuntergang, weißt du noch?"

Nina lächelt milde und streicht sich eine braune Locke aus der Stirn.

„Du bist und bleibst ein Träumer, Salvi! Riccardo, Fernando oder deine Familie würden uns finden. Egal wer, wir sind dann Fischfutter, wenn die rote Sonne bei Capri im Meer versinkt."

Dabei lässt sie etwas Zucker in ihren Cappuccino rieseln.

„Wie geht's deiner kleinen Maria?"

Salvatore wechselt das Thema.

„Maria will im Moment Ärztin oder Anwältin werden, aber nur für die Guten, sagt sie, und wenn Ärztin, dann nur in Krankenhäusern, in denen es leckeres Essen gibt."

Er legt seine Hand auf Ninas gebräunten Arm.

„Nina, du und Maria, kommt hier raus mit mir, ich finde eine Lösung. Mit Riccardo, das geht doch schon lange nicht mehr, ich sehe es dir an. Du hast ihn nie geliebt."

Er hebt den Ärmel ihre Bluse leicht an und sieht die blauen Flecken. Schnell zieht sie den Arm zurück.

„Was sollte ich machen? Ich musste ihn heiraten. Er hat meinem Vater einen Gefallen getan. Du kennst die Regeln. Ich muss mitspielen, die kennen bei uns keine Gnade, auch nicht für Frau und Kind. Das weißt du doch am besten. Ich muss los, zu einer Verhandlung. *Ciao Salvi.*"

Sie drückt ihm einen flüchtigen Bacio auf die Wange und winkt ihm zu.

Salvatore sitzt noch eine Weile versunken vor seinem Espresso. Sein Gesicht spiegelt sich im schwarzen Kaffee. Dunkle Gedanken übermannen ihn.

Mein Curriculum: geboren in Palermo, seither Mafiasohn. Tendenz: Aufstieg zum Mafia-Boss. *Aus.* Toll. Weil ich zu feige bin.

Schnell kippt er den Rest seines Espressos hinunter, legt ein paar Münzen auf den Tisch und verlässt die Bar. Nur ein winziger Sonnenstrahl erhellt die dunkle Gasse. Trotzdem war die Wärme des Sommers schon deutlich zu spüren.

Salvatore steigt in seinen roten Ferrari und fährt zum berühmten Sandstrand von Mondello. Dort befindet sich sein Lieblingsplatz, etwas abseits vom Trubel. Er parkt das Auto unter einem Laubdach und geht zu einer versteckten, kleinen Hütte.

In ihr fühlt er sich wohl. Er hat sie als Kind mit Onkel Massimo gebaut. Seitdem ist sie sein Rückzugsort, wenn er Ruhe braucht oder nachdenken muss. Von dort macht er barfuß lange Spaziergänge am blauen Meer vor Palermo und sucht die schönsten Muscheln.

Wenn das sein Vater wüsste! Der würde sagen:

Muscheln gibt's auf dem Teller, mit Pasta! Hör sofort mit dem Kinderkram auf und bring mir die letzten Gelder, *basta!*

Die Hütte ist Salvatores Geheimnis. Onkel Massimo hat damals wunderschöne Gläser aus Murano für ihn besorgt. In die füllt er seit seiner Kindheit alle Muscheln, die er findet.

Vielleicht zeige ich meine Sammlung mal Nina und Maria. Sie würde ihnen gefallen! Wir könnten damit Schmuckkästchen basteln und verkaufen, sinniert Salvatore vor sich hin.

Er legt sein Hemd und die Leinenhose sorgfältig in die Hängematte und streift seine Lieblingsbadehose über. Nina hat sie ihm mit 18 geschenkt. Er trägt sie immer noch. Rot mit weißem Bund. Nur 100 Meter trennen ihn vom warmen Meer.

Sein langer, muskulöser Körper krault sanft durch die Wellen, lässt ihn alles vergessen, sogar das Meeting in der väterlichen Villa um 18 Uhr, das bestimmt nichts Gutes verheißt.

# Mafiameeting (Teil 1)

Kurz nach 18 Uhr.

Salvatore geht in den Meetingraum der Villa Pulvirenti. Die dunklen Haare noch feucht vom Schwimmen.

Am langen Mahagonitisch sitzen schon seine Brüder, Gianni und Sergio, mit verschränkten Armen.

Sein Blick fällt auf den Rücken des legendären, cremefarbenen Drehstuhls. Unten baumeln unverwechselbar schwarze Lackschuhe mit roten Schnürsenkeln.

Der Padre. Er ist klein, aber omnipräsent. Wartet auf seine Beute.

Salvatore wirft ein lockeres *„ciao tutti"* in die Runde und lässt sich auf seinen Platz fallen.

Der Drehstuhl dreht sich ganz langsam um 180 Grad. Er hat ein besonders nerviges Quietschen.

Der Padre mustert alle, einen nach dem anderen. Dann bleibt sein Blick an Salvatore haften.

„Salvatore! Wie spät ist es? 18 Uhr und 3 Minuten. Wieder zu spät! Wir beginnen um Punkt 18 Uhr, wie oft denn noch?"

Gianni und Sergio grinsen.

„So, dann fang gleich mal an, Salvatore. Wie ist die Lage in deinem Revier? Ich habe nichts auf unserem Konto gesehen!"

Salvatore muss schlucken. Bei der Hitze am Abend gar nicht so einfach.

„Red schon! Hast du die Schutzgelder der Schmuckgeschäfte und der Ristoranti?"

„Äh, ich war noch gar nicht da", erwidert Salvatore.

Don Pulvirenti läuft an wie eine Blutorange.

„Was soll denn das hier wieder werden, Salvatore? Willst du mich verarschen? Wer soll deinen Ferrari finanzieren?"

„Ich fahre auch gerne Fiat", murmelt Salvatore leise.

„Du zischst ab und kümmerst dich drum. Gianni hilft dir. In zwei Tagen will ich Ergebnisse. Schlappohr! Und nun zur Messerstecherei vor ein paar Wochen. Fernando Pappalardo hat Salvatore angegriffen. Das muss gerächt werden."

„Ach lass, Papa", wirft Salvatore ein.

„Nix da: Aug um Aug, Zahn um Zahn. Sergio, du machst das. Nimm einen der Männer für's Grobe mit. Dieselbe Stichwunde und einen Arschtritt. *In dieser Woche noch.* So, das war's für heute. Ach übrigens, am Wochenende kommt Onkel Massimo. Benehmt euch. Er nimmt wieder Gelder mit auf sein Kreuzfahrtschiff. Daher brauchen wir die Kohle. Pünktlichst!"

Massimo, endlich ein Trost! Mit diesen Gedanken verlässt Salvatore das Meeting.

Sein Bruder Gianni tritt neben ihn und flüstert:
„Du, großer Bruder, mach deinen Finanzschrott selbst, ich hab genug mit meinem eigenen Zeug zu tun. Dass ich dir bei der Messerstecherei geholfen habe, reicht erst mal. DU schuldest MIR was, *capito?*"

Salvatore trabt aus der Villa und legt seinen Kopf auf das heiße Lenkrad seines Ferraris. Er atmet tief durch und lässt schließlich den Motor an.

*

Erste Adresse: Pizzeria Giorgio. Die beste am Platz.
Mit Giorgio war Salvatore in der Grundschule gewesen. Guter Kumpel. Er parkt den Ferrari direkt vor der Eingangstür, so dass sich der Wagen in der Vitrine spiegelt.
Sonnenbrille auf, Brust raus, Kopf hoch und rein. Es ist noch nicht viel los. Italiener gehen spät essen. Beste Zeit für Mafiageschäfte.
Er entdeckt Giorgio schon von weitem. Als dieser ihn sieht, versucht er, sich hinter zwei Blechpfannen zu verstecken. Aber er ist zu dick. Von seiner eigenen Pizza.
„Giorgio", ruft ihm Salvatore zu. „Na, wie läuft das Business?"
Giorgio schaut vorsichtig in seine Richtung.
„Ciao, Salvi, schön dich zu sehen. *Prosecco?*"

Ohne eine Antwort abzuwarten, stellt er zwei Gläser auf einen der Tische. Sie setzen sich.

„Du weißt, warum ich hier bin, Giorgio! Es ist der fünfte. Also, 5 Mille. Bei jedem nicht bezahlten Tag wird es ein Tausender mehr."

„Salvi, der letzte Monat lief nicht so. Ich habe nur 2000", stottert Giorgio.

„*Madonna!* Und warum hast du dann nicht am 2. bezahlt?"

„Meine Frau hat gerade entbunden: *Un piccolo bambino*, ich war in der Klinik, tut mir echt leid."

Giorgio schenkt nach und kramt ein Babyfoto hervor.

Mist, mit Babyfotos kriegt mich jeder rum. Hat sich wohl schon rumgesprochen, denkt Salvatore.

„Süß", meint Salvatore laut. „Ich gebe es weiter. Aber im nächsten Monat besser pünktlich, ja? Und dass du jetzt schon 6 Kinder im Abstand von 2 Jahren hast, glaubt uns langsam keiner mehr."

Mit diesen Worten nimmt Salvatore die 2000 Euro, klopft Giorgio auf die Schulter und verlässt die Pizzeria.

Er stopft das Geld flink in einen Umschlag im Handschuhfach und braust weiter zur nächsten Adresse: Schmuckgeschäft Alessandro.

*Troppo tardi*, zu spät, schon geschlossen!

Giorgio hat ihn bestimmt angerufen, da bin ich sicher, denkt Salvatore. Ich werde das nie schaffen. Nie!

# La Mamma

„Salvatore, was ist denn mit dir? Magst du was essen?"

Mamma Pulvirenti hat Mehl auf den großen Küchentisch gestreut. Geduldig paniert sie *Arancini alla Mozzarella*.

„Ich hasse diese sizilianischen Mehlkugeln, das weißt du genau", schimpft Salvatore. „Wieso machst du sie immer wieder?"

„Weil der Padre sie liebt, ganz einfach. Aber kein Problem, ich mache dir gerne eines deiner Lieblingsessen."

Schon schwenkt sie ein paar frische Teigwaren in einer Pfanne mit Butter und Salbei. Ein angenehmer Duft strömt durch die Küche. Salvatore sitzt dennoch ratlos am langen Tisch. Er stützt mit einer Hand seinen Kopf ab und stochert mit der anderen in seinen Nudeln.

„Sag mal, ihr hattet vor kurzem wohl wieder einen eurer Rachefeldzüge gegen die Pappalardo. Der Padre war recht euphorisch. Ich kenne ihn und dich zu gut, Salvi! War es schlimm? Was ist denn das für eine Beule auf deiner Stirn?"

„Schlimm? Es war schrecklich, wir mussten einen um's Eck bringen! Sergio hat es erledigt. Danach bin ich mit dem Kastenwagen und dem Toten auch noch die Böschung runter. Gut, dass die Brüder mich rausgeholt haben, sonst könntest du ab heute deine Salbeinudeln allein essen."

„Ach Salvi, du bist einfach zu sensibel für dieses Geschäft!"

„Wem sagst du das, Mamma, ich bin irgendwie anders, ich muss endlich hier raus. Mein eigenes Ding machen."

Die Mamma wischt sich die feuchten Hände an der Schürze ab, setzt sich neben Salvatore und streicht sanft über seine Beule.

„Salvatore", sagt sie leise. „Du bist wirklich anders. Aber du warst damals unser Retter!"

„Was redest du denn da?" Salvatores hellgrüne Augen blicken auf und sein Blick trifft direkt in ihr Herz.

„Ich denke, ich sollte es dir endlich sagen."

„Was verschweigst du mir denn, Mamma?"

„Damals dachten wir, ich könnte keine Kinder bekommen. Das ganze Dorf tuschelte und spottete schon. Es gab keinen Nachfolger für die Cosa Nostra. Eine solche Schande! Da fanden wir eines Tages eine kleine Tragetasche vor unserem Haus. Darin ein Baby und ein Zettel:

*„Ich weiß, dass ihr euch ein Kind wünscht. Bitte kümmert euch um ihn."*

Das Kind warst du. Du trugst ein Goldkettchen mit einer Madonna und deinem Geburtsdatum. Sonst nichts.

Der Padre und ich forschten lange nach, wer deine Mutter oder Eltern sein könnten. Wir fanden sie nie. Letztlich nahmen wir dich auf und waren uns einig: Dich schickte ein Engel! Du warst die Rettung. Der Opa und der Padre hatten ja Beziehungen, machten alle Papiere. Wir ließen dich auf Salvatore, Retter, taufen und zogen nach Palermo. Von da an warst du unser Sohn. Keiner weiß hier etwas davon. Später wurde ich dann ja doch noch schwanger, mit Gianni und Sergio."

Salvatore legt betont langsam die Gabel ab und fasst an die Madonna an seiner Halskette. Sie fühlt sich seltsam heiß an.

„Wie bitte? Und das erzählst du mir jetzt? Nach 36 Jahren? 36 Jahre bin ich im Mafia-Milieu und gehöre gar nicht hierher? Jetzt wird mir einiges klar!"

Mit Wucht stößt er den leeren Teller weg. Der zerbricht auf dem harten Terracottaboden in 1000 Scherben.

„Salvatore, du musst einfach dazu stehen! Wir wollten nur dein Bestes!", ruft die Mamma.

„*Porca miseria!* Mein Bestes? In dem ich morden und erpressen muss? Ihr schickt mich ja direkt zur Hölle!"

„Salvi, geht es dir nicht gut hier? In Palermo hast du doch alles: Autos, Frauen, Geld, und eines Tages wirst du der Nachfolger vom Padre."

„Niemals! Ihr habt mich nur benutzt. Nie durfte ich mich entfalten. Ich bin nur eure Marionette!"

Er steht auf und blickt auf die kleine Mamma im schwarzen Kleid mit Schürze hinunter.

Sie zittert.

„Wieso hast du mir das erst heute gesagt, Mamma?", flüstert er.

„Ich weiß es nicht. Es ergab sich nie die Gelegenheit. Ich hatte wahrscheinlich Angst, wie du reagierst. Es weiß auch fast niemand, Salvatore, nur der engste Familienkreis. Nicht mal deine Brüder ahnen etwas."

„Brüder? Ich muss jetzt erstmal raus hier, raus an die Luft! *Ciao!*"

Die Mama sackt auf einen Holzstuhl und dreht nervös an den Kugeln ihres Rosenkranzes. Es war ihr nicht völlig klar, was sie da ausgelöst hatte.

\*

Wie benebelt setzt sich Salvatore unter einen der knorrigen Olivenbäume im blühenden Garten und starrt Löcher in die warme Abendluft. Trotz mancher Vorahnung ist diese plötzliche Gewissheit zu viel für ihn. Es ist, wie wenn er gerade schwerelos durch's All taumelt. Alle ihm vertrauten Planeten scheinen sich endlos weit von ihm zu entfernen.

Er weiß nicht mehr, wie viele Minuten vergangen sind.

Irgendwann greift er instinktiv nach seinem Handy und ruft seinen besten Freund Enzo an. Enzo ist Schönheitschirurg am anderen Ende der Stadt.

# Enzo

„*Ciao Enzo*, ich bin's, Salvatore, hast du gerade Zeit?"
„Was ist denn mit dir los? Du hörst dich fertig an!", antwortet Enzo prompt.
„Enzo, du bist doch Schönheitschirurg, ich dachte, also, ich meinte, kurz: Könntest du mir nicht eine andere Identität verpassen?"
„Ich bin eher auf Bauch, Beine, Po spezialisiert. Willst du ein Arschgesicht? Wäre doch zu schade, Salvi. Du siehst doch gut aus. Wo hakt es denn?"
„Ich will verschwinden! Südamerika, Antarktis, Sibirien, Deutschland wenn's sein muss. Egal, ich kann nicht mehr!"
Enzo wird hellhörig.
„Komm einfach gleich in die Praxis, da können wir in Ruhe reden", schlägt er vor.
Salvatore nickt und sieht auf seine lange Liste mit den Adressen, die er eigentlich abklappern sollte. Gianni und Sergio müssen einfach helfen. Er wird es sonst niemals schaffen. Und was das heißt, will er sich gar nicht vorstellen. Er tippt eine Nachricht an Gianni und Sergio in sein Handy:
„Habe Brechdurchfall! Bitte um Hilfe, bitte die restlichen Adressen anfahren. Bis übermorgen. *Grazie*. Salvi."

Postwendend kommt die Antwort von Giorgio: „Versager!"

Und von Sergio: „Mamma wartet schon mit Schleimsuppe!"

Das wäre erledigt, die werden es schon machen, redet sich Salvatore gut zu und fährt los zu Enzos Praxis.

*

Die Praxis befindet sich im Erdgeschoss einer Villa inmitten eines weitläufigen Parks, umgeben von Zitronenbäumen. Alles ist schneeweiß und auf Beauty getrimmt. In Enzos Sprechzimmer hängen Bilder italienischer und amerikanischer Filmstars.

„Komm rein, Salvi. Was ist los? Wo drückt der Schuh?"

Mit diesen Worten begrüßt Enzo seinen Freund. Er trägt wie immer seine Standardkluft. Weiße Hose, weißes T-Shirt und weiße Turnschuhe zum graumelierten Haar.

„Ich bin gar nicht Salvi", antwortet dieser und fasst unbewusst an sein Halskettchen.

„Hey, was erzählst du denn da? Du siehst eigentlich aus wie immer."

„Mamma hat verraten, dass sie mich gefunden haben, damals, und ich kam ihnen grade recht. Sie konnte irgendwie lange keine Kinder bekommen."

„Interessant. Dann mach doch einen DNA-Test. Mit etwas Glück erfährst du dann etwas über deinen Stammbaum."

„Die haben in meiner Familie anscheinend damals schon versucht, etwas herauszufinden. Wenn ich weiter nachforsche und das auffliegt, bin ich ein toter Mann. Schwöre, dass du niemand davon erzählst! Du weißt doch, dass wir keine normale Familie sind."

„Keine Sorge. Ärztliche Schweigepflicht. Und was willst du jetzt machen?"

„Naja eben, eine neue Identität!"

„Salvi, dann brauchst du einen neuen Pass, neue Zähne, neue Fingerabdrücke und psychologische Behandlung. Das ist nicht ohne. Und wie willst du denn aussehen?"

Enzo legt ein paar Bilder auf den blitzsauberen Schreibtisch aus Glas.

„So könnte es werden. Oder so ..."

Fotos von missratenen Operationen stapeln sich übereinander.

„Daher mache ich fast nur noch Bauch, Beine, Po, verstehst du? Also überlege dir das nochmal gründlich. Vielleicht fällt uns noch etwas anderes ein."

Er begleitet Salvatore zur Tür und tröstet ihn.

„Es ist spät, wir reden ein andermal weiter, ja?"

„Enzo, du kannst mich doch jetzt nicht hängen lassen!", ruft Salvatore.

Verzweifelt stemmt er sich gegen seinen Freund, der ihn energisch Richtung Ausgang schiebt.

„So etwas muss gut überlegt sein, überschlafe das nochmal", sagt Enzo eindringlich.

Mit hängendem Kopf schlurft Salvatore zum Auto und schmeißt eine Zitrone auf den Ferrari.

„Echt jetzt, ich pfeif auf die Cosa Nostra und alle Schönheitschirurgen!", ruft er wütend.

In seiner Aufregung hatte Salvatore nicht bemerkt, dass Enzo ihm beim Hinausgehen ein kleines, welliges Haar von der Schulter gezupft hatte. Es könnte ja noch für einen Test nützlich sein ...

# Maria

Am nächsten Morgen macht sich Salvatore auf zu seiner Strandhütte. Er will in Ruhe über alles nachdenken. Da streift sein Blick den eines kleinen Mädchens.

„Maria!", ruft er Ninas Tochter zu.

„*Ciao Salvi!*", antwortet sie fröhlich.

„Was machst du denn hier am Strand?", fragt er sie.

„Ich bin mit der Schule hier, Ausflug, und da habe ich dich gesehen."

„Pst, es darf keiner wissen, dass wir uns kennen, *capito*?"

Sie nickt wissend.

„Wohnst du hier?" Sie zeigt auf die Strandhütte.

„In meiner Freizeit, ja", meint Salvatore schüchtern.

„Darf ich da mal reinschauen?"

Salvatore gibt seufzend nach.

„Also gut, komm' mit, aber nur kurz."

Er versichert sich, dass sie keiner beobachtet.

Maria öffnet die hölzerne Tür und sieht sich neugierig um.

„Oh, hier ist es gemütlich!", ruft sie und wirft sich in die stabile Hängematte. Sie lässt ihre Beine baumeln und wiegt sich sanft hin und her.

„Spielst du Gitarre?"

Sie zeigt auf das Instrument in einer Ecke.

„Spielst du mir was vor?"

„Aber nur ein Lied, ja?", meint Salvatore, reicht ihr einen Schokokeks und setzt sich vor das Fenster. Von dort aus kann er den Strand gut beobachten.

„Falls ungeahnte Besucher auftauchen, kletterst du hinter den Schrank, okay? Da gibt es eine Geheimtür nach draußen."

Maria nickt weise und knabbert an ihrem Keks. Schon streicht Salvatore sanft über die Saiten und improvisiert eine fröhliche Melodie für seine Besucherin.

„Die Musik ist aber schön, sie passt zum Meer, ist sie jetzt nur für mich?"

„Nur für dich, Maria! Behalte sie immer gut im Herzen. Aber jetzt lauf, die anderen warten schon!"

Er legt den Zeigefinger auf ihre Lippen.

„Keinen Mucks, versprochen? Lauf, Maria, lauf!"

„Darf ich wiederkommen, Salvi? Mit Mamma?"

„Es wird spät", drängt er sie.

Marias Händchen winken dem Himmel zu, während sie zu ihrer Klasse läuft.

Salvatore wusste, dass ihr Gruß nur ihm galt.

\*

„Warum streitet ihr euch eigentlich dauernd mit den Pulvirenti?", fragt Maria ihre Mutter.

„Das ist so schwer wie dein Riesenpuzzle", antwortet Nina. „Ich glaube, keiner weiß es mehr. Ich auch nicht. Irgendetwas war mal zwischen den beiden Opas."

„Voll doof. Dabei ist Salvi echt nett. Und hübsch", erwidert Maria.

Nina wird stutzig. „Salvi? Hast du ihn gesehen?"

Maria stellt sich taub.

„Maria, ich bin deine Mamma, du kannst mir alles sagen. Und mit den Pulvirenti ist nicht zu spaßen! Also raus mit der Sprache!"

„Nur ins Ohr!", meint Maria.

Nina beugt sich zu ihr. Was sie hört, lässt ihr Herz immer schneller schlagen.

„Okay, Mäuschen, hör zu, das bleibt jetzt alles unter uns, ja?", sagt sie eindringlich.

Mäuschen Maria nickt und widmet sich wieder dem Puzzle mit den 500 Teilen. Dabei summt sie ihre neue Melodie.

# Mafiameeting (Teil 2)

„So, Leute, zwei Tage sind verstrichen. Ich will Ergebnisse!", wettert Don Pulvirenti im üblichen Büro.

„Sergio, hat die Vergeltung endlich funktioniert? Ist Fernando Pappalardo im Krankenhaus?"

Sergio kratzt sich am Kopf.

„Äh, Fernando ist gerade im Urlaub, Malediven, glaube ich."

„Was? Malediven? Na, denen scheint es ja gut zu gehen! Die nehmen ja auch immer mehr von unserem Revier ein", meckert der Padre und zeigt auf die Karte von Palermo hinter sich.

Die roten Stecknadelköpfe sind die Ziele der Pulvirenti, die blauen die von Familie Pappalardo. Es steht gerade 60:40 für die Pulvirenti.

„Okay, wann kommt dieser Fernando zurück?", bohrt der Padre weiter.

„Ich weiß es nicht, Papa." Sergio wird sichtlich nervös. Seltsam, er war doch sonst nicht so zimperlich.

„Dann finde es heraus! Und mach! So, und nun zu dir, Salvatore, hast du die Kohle jetzt?"

Salvatore schiebt dem Padre die 2000 Euro von Giorgio rüber.

Er blättert sie durch. „Ist das alles? Und der Rest?"

„Ich hatte Brechdurchfall ... Sergio und Giorgio haben übernommen."

Der Padre fixiert die beiden Brüder. Die zucken nur mit den Achseln und spotten:

„Salvi, ach, echt? Krank? Wenn wir das nur gewusst hätten!"

„Hier, ich habe euch doch informiert!" Salvatore wedelt mit seinem Handy.

Die Brüder feixen. „Salvi, deine Brechdurchfälle kennen wir schon, dazu die Schwangerschaften von Giorgios Dulcinea und die Masernepidemie in deinem Revier. Oder war es dann doch wieder der Vollmond ...?"

Der Padre haut auf den Tisch.

„Mir reicht's jetzt. Morgen kommt Massimo. Er soll die Kohle aufs Schiff mitnehmen zur Geldwäsche. Muss ich hier alles selbst machen, in meinem Alter? Schämt euch! Ihr teilt euch jetzt die fehlenden Adressen und dann dalli."

Er trommelt mit den behaarten Fäusten auf den Tisch, rauft sich das wenige Haar und wischt sich mit einer karierten Serviette den Schweiß von der Stirn.

„So, ihr geht heute ohne Essen und Fernsehen ins Bett!", befiehlt er plötzlich.

„Papa wir sind erwachsen!" meutert Gianni.

„Das sehe ich. Nix seid ihr, nix. Wie soll das weitergehen? Giorgio und Sergio, ihr mit euren seltsamen Damen! Und Salvatore immer noch bei der Mamma!

Aber alle drei Ferrari fahren. So, Schluss, aus, Autoschlüssel her. Ihr fahrt ab sofort Fahrrad oder Bus, mir egal. Strafe muss sein. Wird's bald!"

Alle werfen knirschend ihre Schlüssel auf den Tisch.

„Super, und wie sollen wir jetzt die Gelder eintreiben?", meint Sergio.

„Mir egal!", wettert Don Pulvirenti. „Digital? Mit dem Handy, an dem ihr dauernd rumhängt, vielleicht? Lasst euch mal was einfallen! Und keiner bekommt jetzt Brechdurchfall. Dass das klar ist. Mamma kocht nämlich heute für alle. Es gibt *Sarde a Beccafico*! Unglaublich!", schnaubt er noch, nimmt alle Schlüssel an sich und haut die Tür hinter sich zu.

„Das hast uns alles du eingebrockt, du Pfeife!", schimpft Sergio und wirft Salvatore wütende Blicke zu.

„Ich wollte nie ein Mafioso sein!", ruft Salvatore zu seiner Verteidigung.

„Und ich nie Bus fahren!", meint Gianni. „Außerdem, es ist eine Ehre, Mafioso zu sein. So, und jetzt rufe ich Brutus an. Der soll die Kohle holen. Wer sonst? Morgen früh liegt dann alles hier auf dem Tisch. Ich weiß gar nicht, wieso uns Papa immer noch selbst schickt."

„Weil Brutus ein Killer ist und manchmal etwas schief geht. Dann stehen wir wieder in der Presse. Außerdem nimmt Brutus Kommission", erwidert Salvatore.

„Hey, und ihr wisst doch, Papa will, dass wir das Handwerk von Grund auf lernen, weil es dafür keine

Schule gibt", erklärt Sergio wissend.

„Machen wir sie doch auf, diese Schule", schlägt Salvatore zynisch vor.

„Hier der Wochenablauf:
Montag: *Erpressen*
Dienstag: *Mord*
Mittwoch: *Geldwäsche*
Donnerstag: *Beziehungen zur Unterwelt knüpfen*
Freitag: *Bestechung*
Samstag: *Ferrari fahren*
Sonntag: *Siesta*."

Gianni lässt sein Handy sinken und unterbricht die Auflistung. „So, Brutus weiß Bescheid. Er deichselt das Ding. Wir können hier sowieso nicht weg. Warten wir lieber auf das Abendessen", sagt er pragmatisch.

Währenddessen schaut Salvatore aus dem Fenster, zählt Schäfchenwolken und freut sich auf Onkel Massimo.

Vielleicht versteht er mich. Vielleicht hat er sogar eine Idee, wie ich aus der ganzen Misere rauskomme, denkt er und schöpft neue Hoffnung.

# Massimo

Der Abend ist ungewöhnlich lau. Vom Meer weht ein angenehmer warmer Wind über die Anhöhen von Palermo. Das Licht ist sanft und die letzten Sonnenstrahlen glitzern im Meer. Die Mamma schiebt den Opa im schwarzen Anzug über die Terrakottaterrasse. Mit seinem Stock aus glattem Elfenbein gibt er ihr aus dem Rollstuhl die Richtung vor. Er fuchtelt und zappelt und behält so die Oberhand, bis er endlich an einem für ihn passenden Platz im Schatten steht. Entnervt geht die Mamma zurück in die Küche und scheint innerlich zu fluchen.

*Er war es also, der damals meine Papiere besorgt hat,* denkt Salvatore, der hinter der Tageszeitung die Szene beobachtet.

So sieht also ein Schlitzohr aus. Ob er weiß, dass ich alles von Mamma erfahren habe?

Salvatore tritt vor den zahnlosen Opa und schaut tief in seine wässrigen Augen, versucht, einen Blick in seine Seele zu erhalten. Vergeblich. Zu viel Erinnerung ist erloschen.

„*Buona sera!*", schallt eine fröhliche männliche Stimme hinter ihm.

Massimo, endlich!
Salvatore dreht sich um, sein Herz klopft. Die beiden Männer umarmen sich herzlich. Massimo riecht wie immer nach Freiheit, Abenteuer und fernen Ländern.

„Lass dich anschauen, Salvi, was gibt's Neues im schönen Süden Italiens?", fragt Massimo beschwingt.

„Einiges", meint Salvi und scharrt nervös mit seinem Fuß.

„Massimo, hast du nach dem Abendessen oder morgen noch Zeit für mich? *Privato?*", wagt er sich vor. Massimo stutzt, aber als Kapitän versteht er schnell und ohne große Worte.

„*Si, certo,* für dich immer mein Junge!" Er klopft Salvi freundschaftlich auf die Schulter „Aber jetzt erstmal einen *Campari Soda* auf unser Wiedersehen. Und ich freue mich auf die leckeren Spezialitäten deiner Mamma."

\*

Salvatore trifft Massimo am nächsten Vormittag in der Lobby des Luxushotels *Aurora*. Im Hintergrund leise Chopinmusik. Üppige Blumengebinde verströmen sanft den Duft von Jasmin. Die beiden Männer sitzen sich in flauschigen Ohrensesseln gegenüber. Vor ihnen ein niedriger Glastisch mit zwei Schälchen, eines mit Pistazien und eines mit Paprikachips.

Massimo greift als erster zu. Nach einigen Minuten blickt er seinem Neffen tief in die hellgrünen Augen.

„Bist du soweit?", fragt er.

„Wofür?" Salvatore krallt seine Finger in den Sessel. Er wird bei solchen Fragen schnell nervös. Zu oft folgen dann dubiose Projekte mit dringender Ausführung.

„Na, du wolltest mich doch sprechen?"

Salvatore zögert. Ob ich ihm vertrauen kann? Schließlich ist er der Bruder vom Padre und fährt Mafiagelder in schwarzen Koffern durch's blaue Mittelmeer.

Auch wenn diese Art von Mafiaarbeit Salvi irgendwie sauberer als die an Land erschien: Verbrechen blieb Verbrechen. Auf der anderen Seite hat er schon immer ein besonderes Verhältnis zu seinem Paten.

Ein Kellner unterbricht Salvis Gedankenschleifen.

„*Buon giorno!* Was wünschen die Herren?"

„Campari Soda für mich bitte, und du Salvi?"

„Banana Split."

„Wie früher!" Massimo lacht herzlich. „Mit Sahne, stimmt's?"

Salvi nickt und sein Urvertrauen in Massimo kehrt zurück.

Der Kellner nickt und entfernt sich lautlos.

„Du, Massimo, meinst du, also glaubst du, ich könnte noch was anderes tun oder sein als Mafioso? Ich meine, was Richtiges arbeiten?"

„Was meinst du mit *was Richtiges?*"

„Naja, etwas, womit man ehrlich Geld verdient."

„Zum Beispiel?" Massimo scheint ratlos.

„Eisverkäufer, Kindergärtner, was weiß denn ich, Matrose …"

Massimo blickt lange in seinen Campari, der mittlerweile wie von Geisterhand vor ihm steht.

„Macht dir dein jetziges Leben denn keinen Spaß?"

„Nein, die ganze Gewalt ist widerlich und vor allem seit … seit ich die Wahrheit weiß. Ich bin kein echter Pulvirenti, nur eine adoptierte Marionette. So, jetzt ist es raus. Ich will ein ganz normaler Mensch sein und vor allem kein Mafiabossnachfolger!"

Salvi nimmt einen Riesenlöffel Schokoeis mit Banane. Am liebsten würde er jetzt rauslaufen, bis nach Sparta und dort tot umfallen, so wie Pheidippides damals. Wie würde sein Gegenüber jetzt reagieren?

Massimo schweigt und rührt gelassen in seinem Campari Soda.

Salvi mampft einen Löffel Eis nach dem nächsten, nur damit er jetzt nicht reden muss.

Das Schweigen dauert eine gefühlte Ewigkeit. Eine typische Masche in Mafiakreisen. Nicht lange reden, abknallen. Massimo blickt auf.

„Ich ahnte so etwas. Und ich helfe dir, *filius*. Komm eine Zeit lang mit auf mein Schiff, vielleicht finden wir einen Ausweg."

Salvi wird bleich. Ein Ausweg … ein Licht im Tunnel.

Ein Helfer, wieso tut er das? Aber instinktiv weiß Salvi, dass er seinem Paten vertrauen kann.

„Ich rede mit meinem Bruder. Keine Sorge, ich sage ihm einfach, dass ich dir zeigen will, wie man Geld wäscht. In wenigen Tagen laufen wir wieder aus. Bist du dabei?"

Salvi nickt aufgeregt, sein Herz schlägt wie eine Taschenuhr, seine Gedanken fahren Achterbahn, während er wie ein Krümelmonster die letzte Waffel verschlingt.

Massimo steht auf und klopft ihm auf die Schulter.

„In wenigen Tagen …"

# Das Praktikum

Die sommerlichen Tage plätschern in Palermo träge dahin. Massimo genießt die freie Zeit in der Familie seines Bruders.

Mal liest er stundenlang in der Hängematte, mal malt er die Landschaft oder nippt an einem seiner endlosen Campari Soda. Erst am Abend zieht er sich zurück ins Hotel.

„Wie auf See", meint er. „Ein Kapitän braucht immer wieder einen Rückzugsort und muss sein Logbuch führen."

Ob Massimo schon mit dem Padre verhandelt hat? Salvatore ist unsicher. Er will auch unbedingt Nina noch von der möglichen Reise erzählen, schließlich wird er dann einige Zeit nicht in die Bar kommen können. Vielleicht macht er das morgen oder eben übermorgen.

Plötzlich merkt Salvatore, dass im Haus etwas vor sich geht.

Brutus war da und hat die fehlenden Gelder wie immer perfekt eingetrieben. Ob es Kollateralschäden gab, will keiner wissen.

Jedenfalls summt der Padre fröhlich vor sich hin. Seinen Zöglingen gibt er gönnerhaft die konfiszierten Autoschlüssel zurück. Das alles sind klare Anzeichen.

Nach der Siesta würde der Padre sich im Bunkerbüro im Keller einsperren, sorgfältig das Geld zählen und dann Salvatore rufen.

Und genauso war's.

„Salvatore! Komm runter! Subito!"

Salvatore legt seine Gitarre aufs Sofa und trabt die Stufen in den Keller hinunter. Das Büro dort ähnelt dem im Erdgeschoss, nur ist es ohne Fenster. Daher wirkt es düster und riecht immer etwas muffig. Die Gelder sind bereits gezählt und der Padre sichtlich in Form.

„Salvatore, Brutus hat gut gearbeitet. Die komplette Kohle ist da. Du, als Ältester, darfst nun wie immer die Gummibänder um die Geldbündel schnurren, immer 5000, in kleinen Scheinen. Die kommen dann fein säuberlich in die verschiedene Zahlenkoffer. Auch wie immer."

Salvatore macht sich an die Arbeit. Der Padre schaut zu. Er nennt das *Qualitätskontrolle nach dem Vier-Augen-Prinzip*. Wehe, ein Schein fliegt auf den Boden!

Gleichzeitig wird eine Tabelle angelegt. Mit Bleistift. Den kann man besser ausradieren.

Sechs Spalten:

Koffernummer, Inhalt, Zahlenkombination, originelles Codewort, Kontakt des V-Mannes in den diversen Häfen, Kontakt des Empfängers.

Codewörter suchen ist eine der beliebteren Aufgaben für Salvi. Ihm fallen meist recht gute ein.

„Sie müssen schon zwei oder mehr Silben haben", meint der Padre aus Erfahrung.
„Kartoffelsalat, Rasenmäher ...", schlägt Salvi vor.
Der Padre nickt anerkennend.
„Bravo, Salvatore. Noch ein paar, wir haben schließlich fünf Koffer!"
„Darf ich?" Massimo betritt den Raum.
„Natürlich, Capitano, immer her mit den guten Ideen!", sagt der Padre gut gelaunt.
„Marzipanbaum, Käseplatte, Säbelzahntiger."
„Gut, die nehmen wir. Schreib auf, Salvi, und verhau dich ja nicht! Du kannst ja wohl noch eine Tabelle richtig ausfüllen."
Massimo sieht seinem Schützling über die Schulter und nickt anerkennend.
„Passt. Die Operation *Waschbär* kann beginnen!"

Salvatore weiß, dass Massimo die Koffer nach und nach, ganz unauffällig, auf sein Kreuzfahrtschiff bringt und dort versteckt. In bestimmten Häfen wartet dann ein V-Mann. Dieser nimmt den entsprechenden Koffer plus Codewort entgegen.
Kommt der Koffer beim Empfänger an, meldet sich dieser bei Salvatore und nennt wiederum das Codewort.
Dafür bekommt er dann die Zahlenkombination. Und *simsalabim!* Der Koffer öffnet sich. Mit Geld. Hoffentlich.

Was dann passiert, ist Salvi unklar. Die Kohle wird wahrscheinlich irgendwo eingezahlt, also *gewaschen*, so nennen sie das. Der V-Mann bekommt dafür eine Belohnung, je nachdem. Salvi will es gar nicht so genau wissen.

„Hey, meinst du nicht, Salvatore sollte unser Geschäft endlich etwas näher kennenlernen?"

Massimo startet geschickt die Verhandlung mit dem Padre, während Salvatore die Schultern einzieht.

„Nur Tabellen machen, ich meine, er muss doch auch mal das Terrain sehen. Nicht nur Gelder eintreiben, sondern auch lernen, wie man sie verteilt…"

Der Padre geht im Kellerbüro auf und ab. Seine Pranken am Rücken verschränkt. Man könnte meinen, er sei Napoleon vor der Schlacht von Waterloo.

„Wie stellst du dir das vor, Massimo?" Der Padre bleibt stehen und blickt ihn streng an.

„Ganz einfach. Er macht ein Praktikum bei mir auf dem Schiff. Sowas ist heute in jedem Beruf gefragt."

Der Padre stutzt.

„Praktikum bei dir? Bei der Mafia? Mir ist wichtig, dass er hier spurt, das Revier in den Griff bekommt und meine Bleistifte spitzt."

„Denk doch mal an später. Da muss er schon wissen, wo's lang geht."

Der Padre zögert.

„Du hast recht. Hmm, meinetwegen. Probieren wir es.

Vielleicht macht er sich da besser! Praktikum!"

Kopfschüttelnd verlässt er den Keller und Massimo hebt die Hand zur *High Five*. Salvatore schlägt ein. Er freut sich riesig.

\*

Nachts wälzt sich Salvatore unruhig hin und her. Sein Schlafzimmerfenster ist weit offen, der Vollmond erhellt den Raum, ein Ventilator versucht, die Hitze zu verdrängen. Zikaden singen ihr nächtliches Lied zum Duft der Zitronenbäume.

Wann läuft das Schiff eigentlich genau aus? Vorher muss ich noch Nina treffen, wenigstens Enzo informieren, packen und die Hütte dicht machen. So fiebert Salvatore vor sich hin.

Es klopft an der Tür. Die Mamma steckt den Kopf herein.

„Salvi, Wasser mit Zitrone?"

Sie kommt näher und stellt das Tablett sanft auf einen Tisch. „Salvi, schläfst du schon? Du warst letztens so aufgebracht. Hast du dem Padre erzählt, was du von mir erfahren hast? Besser nicht. Weißt du, wenn dir das Leben eine Zitrone gibt, mach Zitronenlimonade draus."

*Genau das werde ich tun und abhauen,* denkt Salvi bei sich und stellt sich weiterhin schlafend.

„Du darfst mit Massimo aufs Meer! Das ist wunderschön. Du kannst etwas Abstand brauchen."

Mit diesen Worten verlässt sie leise das Zimmer, sicher, dass Salvatore alles gehört hatte.

*

Am nächsten Tag steht Salvatore wie gerädert auf. Er stellt sich unter die Dusche, die an sein Zimmer grenzt, und lässt kühles Wasser über sich laufen.
Langsam erwachen seine Lebensgeister. Irgendetwas treibt ihn an. Stimmt, in ein paar Stunden ist es 11 Uhr. Ninas Pause. Hastig zieht er sich an: blaue Hose, weißes Hemd. Schnell kämmt er die feuchten Haare mit den Fingern.
In der Küche ist noch niemand.

Salvatore presst sich einen Zitronensaft. Wie die Mamma gemeint hat, *mach Limonade draus*. Danach drückt er auf die Espressomaschine. Der Kaffeeduft schleicht durch die Luft und hüllt ihn ein. Er nimmt noch ein paar Mandelkekse und tritt hinaus auf die sonnige Terrasse.

Sein Blick streift Palmen, Magnolienbäume und am Horizont das Meer.

Auf dem werde ich bald segeln, denkt Salvatore, während er im Wechsel an seinem Espresso und dem Zitronensaft nippt.

Kurz darauf schlendert er zu seinem Wagen. Der Kies knirscht unter seinen bequemen Sportschuhen.

*

Salvatore steuert den Ferrari langsam die gewundene Straße hinunter in die Stadt. Um diese Zeit findet er leicht einen Parkplatz vor der Bar, in der er auf Nina warten will.

Er setzt sich und nimmt die Tageszeitung. Auf der Titelseite sein Freund Luigi und dessen Vater, der Polizeipräsident von Palermo. Dazu ein Foto von einem ausgebrannten Pizzawagen.

Überschrift: *Drama am Stadtrand von Palermo. Mord an Don Pappalardo. Hinweise an jede Polizeidienststelle.*

Salvatore wird kreidebleich. Der Tote war also Ninas Vater? Meine Güte, das hat er nicht gewusst! Er hatte ihn so lange nicht gesehen und gar nicht erkannt.

Daher war der Padre an dem Abend also so spendabel gewesen. Und er, Salvatore, hatte den Wagen gefahren! Wie konnten sie überhaupt in der Asche die Identität feststellen? Ob es Fingerabdrücke gibt? Fragen über Fragen. Während er noch das Kleingedruckte liest, kommt Nina mit Maria. Beide tragen schwarz.

Nina bestellt zwei Ramazotti an der Bar und für Maria ein Granita. Dann nehmen sie ihm gegenüber Platz. Nina blickt auf die Zeitung, dann auf Salvi.

„Weißt du es also schon?", fragt sie gezielt.

„Mein Beileid", stammelt Salvi.

Nina wirkt gefasst.

„Er war kein guter Vater und kein guter Opa, trotzdem: Ich bin schließlich Anwältin und Verbrechen bleibt Verbrechen!"

Salvi schaudert. Hatte er das nicht kürzlich selbst gedacht?

„Weißt du dazu was? Habt ihr etwas damit zu tun?"

Salvi spürt Ninas durchdringenden Blick, während Maria an ihrem geeisten Fruchteis nuckelt.

„Nina, ich werde einige Zeit verreisen, mit Massimo. Das wollte ich dir heute sagen."

„Das heißt also, du steckst mit drin!"

„Nein, also ich fahre nicht deswegen weg. Es ist ganz anders."

„Salvatore, wenn du etwas weißt, musst du es sagen. Mein Mann und mein Bruder haben auch schon die Fährte aufgenommen."

„Nina, ich will und bin das alles hier nicht, ich will erstmal hier weg!"

„*Arrivederci, Salvi!* Irgendetwas ist doch faul. Komm, Maria, wir müssen los zur Beerdigung."

Mit diesen Worten verlässt sie die Bar.

Ein verstörter Salvatore bleibt zurück. Er steht auf, klemmt sich die Zeitung unter dem Arm und geht ebenfalls.

In einem Geschäft an der Ecke kauft er wie betäubt einen großen Koffer.

*

Während Nina auf der Beerdigung ihres Vaters ist, packt Salvatore.

Seine nächtliche Autofahrt mit Ninas totem Vater im Kofferraum versucht er zu verdrängen. Das würde sie ihm nie verzeihen. Und er sich auch nicht. Die Worte *mitschuldig, Mittäter, Beihelfer* fahren Achterbahn in seinem Kopf.

Soll ich mich und die Cosa Nostra nicht lieber anzeigen? Es wird nicht lange dauern, dann stehen wie immer erst die Pappalardo und dann die Polizei vor der Tür. Und wie immer bekommen alle einen freundlichen Drink, ein paar Erdnussflips und müssen tatenlos abziehen.

Es konnte uns ja noch nie irgendjemand, irgendwas beweisen. Ekelhaft! Für mich ist es nun endgültig Zeit zu gehen, nachdenken, Buße tun, ein neues Leben beginnen!

Salvatore schwirrt der Kopf. Er merkt, wie diese Gedanken ihn schwindelig machen, aber dafür ist jetzt kein Platz. Auf dem Schiff, mit dem Blick in die Weite, statt auf die jämmerlichen Berufsmörder, wird er sich die Zeit nehmen.

Zwischen seine T-Shirts legt er sorgfältig ein paar Muscheln zur Erinnerung an seine Strandhütte. Vorsichtig versteckt er das alte Polaroidfoto, das ihn und Nina in ihrer Jugend glücklich auf der Insel Capri zeigt, in einem Seitenfach. Ebenso das Bild, das Maria für ihn gemalt hat. Wie seltsam, ein Schiff.

Salvatore blickt sich ein letztes Mal um, er hat nichts vergessen. Er schließt den Koffer und schleppt ihn, seine Gitarre und seine schweren Gedanken nach draußen.

\*

Vor dem Haus heuchelt die versammelte Familie Abschied. Der Padre, heute mit karierten Pantoffeln. Daneben schluchzt die Mamma in ein Geschirrtuch. Die Brüder mit ihren hässlichen Grazien sind da und sichtlich neidisch. Der Nonno lächelt milde aus seinem Rollstuhl.

Don Pulvirenti bricht das Schweigen

„*Allora,* Salvatore, lern was bei deinem Praktikum und mach uns keine Schande! Ich melde mich über Massimo. Die anderen Koffer, du weißt schon welche, sind bereits sicher an Bord. Mamma, hör endlich auf zu flennen, das Kind macht doch keine Weltumsegelung! Und der Mord in der Zeitung, mach dir da keine Sorgen, wir haben ja die Trattoria als Alibi."

Die Abschiedsszene wird durch ein heranfahrendes Auto unterbrochen. Als treuer Freund ist Enzo mit seinem weißen Cabrio gekommen, um Salvatore abzuholen und zum Schiff zu begleiten.

Salvatores Freund Luigi, der Polizist, ist verhindert, er ist ja mit dem Mordfall und seiner Karriere beschäftigt.

Salvatore winkt allen noch einmal aus dem Auto zu. Ob er sie je wiedersehen wird? Nur die flennende Mamma mochte vermuten, dass dies für ihn vielleicht eine Reise ohne Rückkehr sein könnte.

*

Massimos Schiff liegt wie ein prächtiger Riese im Hafen von Palermo, schon von weitem sichtbar. Salvatore und Enzo stehen davor wie David vor Goliath. Goldene Buchstaben glänzen am weißen Schiffsrumpf: MARINA.

Das Wort MARINA gibt Salvatore neue Kraft. Tauschte man nur einen Buchstaben aus, so hieß es NINA oder MARIA.

Salvatore muss lächeln. Das Schiff ähnelt tatsächlich Marias kindlicher Zeichnung.

Er umarmt seinen Freund und geht dann Richtung Rampe, ohne sich umzusehen. Er ist enttäuscht. Schließlich hatte Enzo ihm bei ihrem letzten Treffen nicht helfen wollen und ihn sogar durch die Tür gedrängt.

*Wann kommt Salvatore eigentlich wieder?*, denkt Enzo, während er ihm nachschaut. Er hatte völlig vergessen, seinen Freund danach zu fragen. Und über die Operation hatten sie nun auch nicht mehr gesprochen. Nachdenklich fährt er zurück in seine Praxis. Vielleicht würde er sich doch noch einmal Gedanken darüber machen.

# Auf See

*Frei, frei, frei,* weit weg von allem, von Unterdrückung, Polizei und Verfolgung, jubiliert Salvatore innerlich, als er an der Reling steht.

Er blickt auf die weiße Gischt, die das Kreuzfahrtschiff rauschend hinter sich lässt. In der Ferne verschwimmt die Küste Siziliens im Dunst.

Wohin wird mich diese Reise bringen? Werde ich einen neuen Hafen finden? *Was wird mit Nina und Maria?*

Sein Handy hat bereits keinen Empfang mehr. Endlich kein Anruf vom Padre, keine weiteren Aufträge, keine zwielichtigen Pflichten. Die große Last scheint in der dunklen See zu versinken.

„Salvatore! Hier steckst du!"

Neben ihm taucht Massimo auf. Die schmucke Kapitänsuniform steht ihm blendend und unterstreicht sein weißes Haar.

„Woran denkst du?"

„An nichts, Massimo! Zum ersten Mal an nichts und mein Herz ist im Moment leicht wie eine Feder im Wind. Ich weiß nicht einmal, wohin wir fahren."

„Wohin möchtest du denn?" fragt Massimo.

Seine Augen blinzeln schelmisch.

Salvatore sieht ihn fragend an.

„Weißt du, Salvi, wer nicht weiß, wohin er will, wird auch nie ankommen, selbst wenn die Winde günstig stehen." Er lächelt sanft und legt seinen Arm um Salvatores Schultern.

„Komm, ich zeig dir unsere Route!"

\*

Sie gehen auf die Brücke auf Deck 16. Von dort haben sie einen weiten Blick auf das offene Mittelmeer. Einige Offiziere nicken Massimo zum Gruß zu und studieren dann wieder ihre komplizierten Geräte.

Massimo entfaltet eine Seekarte. Jeder der geplanten Häfen ist mit einem Punkt markiert. *Neapel, Korsika, Marseille, Barcelona, Rom, Palermo.*

„In fast jedem ist einer unserer V-Männer stationiert", meint Massimo. „Wirst du mir assistieren oder willst du gleich im nächsten Hafen aussteigen?" Massimos Blick wird ernst. „Ich muss wissen, was für ein Spiel du spielst, sonst kann ich nichts für dich tun."

Salvatore wird es plötzlich eng in der Brust.

Soweit hatte er gar nicht gedacht. Ja, was wollte er eigentlich? Und wohin wollte er überhaupt? Schlagartig wurde ihm wieder bewusst: Er wollte nur weg, eine Chance ergreifen. Die Tatsache, dass er kein Mafioso war, die Teilnahme am Mord von Ninas Vater, der Zeitungsartikel und Ninas Schroffheit in der Bar taten den Rest.

Obwohl er sie jetzt schon vermisste.

Nach einer kurzen Gedankenpause antwortet er: „Klar, Massimo, ich bin dabei, und ich steige nicht aus. Also noch nicht. Und ich wüsste ja auch nicht, wie? Es ist gefährlich, und wenn ich weg bin, gehen sie dir an den Kragen! Und überhaupt, wieso willst du mir eigentlich helfen?"

„Weil jeder Mensch eine Chance verdient, glücklich zu werden und du besonders. Du hast dein halbes Leben an die Mafia verschwendet und jetzt, wie ich meine, sollst du dein eigenes Glück finden. Wir müssen nur Geduld haben und vorsichtig sein."

„Mann, wenn dass der Padre wüsste, was wir hier reden, dass ich raus will, der killt mich, ohne mit der Wimper zu zucken."

„Kann sein, Salvi, kann gut sein. Aber hier haben wir Zeit, gründlich nachzudenken."

\*

*„Guten Morgen, hier spricht der Kapitän",* tönt Massimos heitere Stimme aus dem Lautsprecher.

„Wir haben im Hafen von Neapel angelegt, der berühmten Stadt am Vesuv. Die Temperatur heute Morgen beträgt bereits 20 Grad. Verbringen Sie einen wunderschönen Tag in der Stadt, besuchen Sie die Ausgrabungen von Pompeij, die romantische Insel Capri oder die wunderschöne Amalfiküste, und vergessen Sie vor allem nicht, eine originale *Pizza Napoli* zu genießen."

Salvatore reibt sich die müden Augen und geht auf seinen noch kühlen Balkon. Bei dem Wort *Capri* muss er sofort an Nina denken. Wie es ihr wohl geht, jetzt, nach der Beerdigung? Vielleicht kann man ja in der Zeitung etwas über die Zustände vor Ort erfahren. Gedankenversunken trabt er Richtung Frühstücksdeck. Dort ist er gegen 10 Uhr mit Massimo verabredet. Mit einem Teller frischer Früchte und einem Schokoladencroissant setzt er sich an einen Tisch im Schatten und beobachtet die Touristen.

Einige bräunen um diese Uhrzeit bereits ihre Bauchtätowierungen oder besetzen Sonnenliegen.

An Land stehen mehrere Busse, die die Kultureifrigen an die Ausflugsorte karren.

Salvatore bereut gerade, dass er keinen Ausflug nach Capri gebucht hat. Er wäre dann nach Anacapri, um das Geschäft zu suchen, in dem er Nina damals mit seinem Taschengeld eine glitzernde Haarspange in Form eine Zitrone gekauft hat. Die leuchtete besonders schön in der blauen Grotte. Nina hat sie sehr in Ehren gehalten und auch schon Maria geliehen, aber nur an Festtagen.

„Na, träumst du von der Liebe, Salvi?" Massimo setzt sich zu ihm.

„Kannst du Gedanken lesen?"

„Weißt du, als Kapitän brauche ich viel Intuition. Ich lese den Sternenhimmel, Vogelschwärme, den Wellengang, die Untiefen im Meer und manchmal auch Gedanken."

Er nippt an seinem Espresso und fährt fort: „So, Junge, heute beginnt dein Praktikum. Ein V-Mann wartet in Neapel auf uns. Übergabe des ersten Geldkoffers um 14 Uhr. Du kommst mit. Hast du die Liste mit den Namen und Codewörtern dabei?"

Salvatore wird übel. Er hatte so schnell gepackt, dass er völlig vergessen hatte, die Liste aus dem Kellerbüro mitzunehmen.

„Ich glaube, wir haben da ein kleines Problem", meint er kleinlaut. „Ich habe sie in der Eile vergessen."

Massimo fasst sich an den Kopf.

„Dein Papa hat recht, du bist nicht für die Mafia geboren. Weißt du, was passieren kann, wenn wir nicht mit dem Koffer auftauchen?"

„Ich will es nicht wissen, Massimo, irgendeine Ballerei? Eine Entführung, eine Erpressung?"

„Könnte sein, Salvi, könnte sein. Aber hab keine Angst, ich habe natürlich zur Sicherheit alles selbst eingepackt."

Er zieht ein zerknittertes, weißes Blatt hervor und streicht es grinsend glatt.

„Also, wir treffen uns um 12 Uhr 30 auf der Brücke. Vorher solltest du unbedingt noch etwas essen. Und zieh die schusssichere Weste an. Die hast du ja wohl dabei? Schwimmwesten helfen nämlich nicht so gut."

Mit diesen Worten verlässt er lachend den Tisch.

Salvatore blickt ihm verdutzt nach. Sichtlich erleichtert über das Auffinden der Liste, isst er die letzten Krümel seines Schokocroissants, doch als er an die Schussweste denkt, wird ihm mulmig. Das war doch sicher wieder einer von Massimos schlechten Scherzen. Oder doch nicht? Schussweste, ja, die hatte er auch in Palermo gelassen ...

*

Salvatore geht zurück in seine Kabine. Sein Blick fällt wie magnetisch auf die orangefarbene Rettungsweste im Schrank.

Mit der kann ich tatschlich schlecht von Bord, denkt er bei sich. Er dreht sie in den Händen und untersucht sie. Naja, abpuffern würde sie einen Schuss sicher. Und da ist ja auch noch die kleine Pfeife, mit der könnte er noch nach Hilfe trillern, falls er nach dem Schuss noch atmen kann ...

Jetzt dreh ich durch, *dio mio,* was soll schon schief gehen?, versucht er sich zu beruhigen. Koffer und Codewort abgeben, den Tausender rüberschieben, fertig.

Und es bringt dem V-Mann ja nichts, uns umzulegen, dann kommt ja beim nächsten Mal keine Kohle mehr, sondern der Racheengel! Genau, alles ist perfekt organisiert, alles wird gut.

Wie Massimo wollte, bestellt er beim Zimmerservice eines seiner Lieblingsessen zum Lunch. *Insalata Caprese*, passend zur Gegend. Davor stellt er das alte Polaroidfoto von Nina und ihm auf Capri und studiert nebenbei die Tageszeitung.

*Besuch der Polizei bei Familie Pulvirenti ohne Spur. Die Polizei tappt im Mordfall Pappalardo weiter im Dunkeln.*

Mit gemischten Gefühlen macht sich Salvatore auf den Weg nach unten.

\*

Massimo ist bereits da. Er ist in Zivil, blauer, eleganter Armani-Anzug, dunkle Sonnenbrille, schwarzer Geldkoffer.

Salvatore nickt ihm zu, er trägt ebenfalls blau, sie könnten Vater und Sohn sein.

Ein Taxi bringt sie in die Altstadt. Immer enger werden die Gassen, weiße Laken hängen zum Trocknen an kurzen Wäscheleinen zwischen den Häusern. Das Taxi schlängelt sich immer tiefer in die brodelnde Stadt. Schließlich halten sie und betreten einen Friseursalon. Massimo lässt sich auf einem Drehstuhl nieder und stellt den schwarzen Koffer neben sich.

„Setz dich dahinten hin und schau genau zu", sagt er zu Salvatore. „Es ist ganz einfach."

Ein quirliger Friseur kommt auf Massimo zu und begrüßt ihn überschwänglich. Sie plappern über dies und das, doch irgendwann beim Haareschneiden fällt das Codewort: *Säbelzahntiger.*

Beim Bezahlen legt Massimo den Umschlag mit den 1000 Euro auf den Tresen und verabschiedet sich. Der Geldkoffer bleibt im Laden stehen und ist somit in den Händen des V-Mannes.

Draußen steigen sie in ein zweites Taxi und fahren zurück zum Hafen.

„Na, war das schwer?" Massimo schmunzelt.

„Eigentlich nicht", meint Salvatore. „Aber wenn das in jedem Hafen so ist, werden deine Haare ja immer kürzer und am Ende der Reise hast du eine Glatze."

Massimo muss lachen. „Es ist auch manchmal ein Bäcker oder ein Automechaniker dabei."

„Ach so, ja dann." Salvatore scheint beruhigt.

„Eben, und ich muss ja gottlob auch nicht davon leben."

„Ja, da hast du wirklich Glück. Ich dagegen, ich bin diesen ganzen Machenschaften hilflos ausgeliefert", seufzt Salvatore.

„Schauen wir mal, was würde dir denn jetzt gerade Spaß machen?", lenkt ihn Massimo ab.

„Muscheln sammeln, mit dir zusammen. Weißt du, für meine Gefäße in der Strandhütte", sagt Salvatore wie aus der Pistole geschossen. „So wie früher."

„Dann komm, ich kenne einen schönen Strand."

Massimo gibt dem Fahrer eine Adresse und schon biegt das Auto ab, Richtung Meer. Vor ihnen thront die imposante Silhouette des Vesuvs, die am ganzen Golf von Neapel zu sehen ist.

Man könnte glauben, seine imposante Schönheit sei eine harmlose touristische Attraktion. Doch der Vesuv ist, wie die Mafia, aktiv wie ein gefährliches Pulverfass.

\*

Ein paar Tage später meldet sich der Padre bei Massimo.

„Na, wie läuft's, capitano? Bringt es unser Praktikant zu was? Konntest du ihn auf die richtige Spur lotsen?"

Massimo räuspert sich. „Ich vermute, seine richtige Spur ist ganz woanders."

„Papperlapapp. Wann kommt ihr denn zurück? Ich will ihn dann zu Pepe in die Vatikanbank schicken, was meinst du? Da kann er auch noch viel lernen. Dein Tipp mit dem Praktikum hat mich auf diese glorreiche Idee gebracht."

„Weiß Salvatore das schon?" Massimo bleibt ganz ruhig.

„Nein, Überraschung! Ich muss es Pepe auch noch sagen."

Massimo blickt zum Himmel. „Du, ich fürchte, Korruption ist nicht wirklich was für ihn."

„Egal, er kann ja Spendengelder nach Afrika an uns umleiten, das ist einfach. Ein paar Kontonummern ändern, *basta*. Wo seid ihr überhaupt? Und was macht Salvatore den ganzen Tag?"

„Er liest Bücher über Kinder, malt mit den Kleinen im Kinderclub, unterstützt den Bademeister. Die Sache mit dem toten Don Pappalardo macht ihm zu schaffen."

„Oh Mann! Also, wenn er das nicht aushält, ist er wirklich zu nichts zu gebrauchen. Du, ich melde mich wieder. Bring ihm das mit Rom irgendwie bei, *va bene?*"

Ohne eine Antwort abzuwarten, legt Massimos Bruder auf.

Auch Massimo legt ruhig den Hörer nieder. Aufenthalt in Rom: die ewige Stadt. Doch für Salvi würde es ein ewiger Albtraum werden.

Pepe Pulvirenti war damals nur durch Bestechung in der Vatikanbank aufgenommen worden. Seitdem ist der Vatikan eine erstklassige Einnahmequelle für die Familie, ansonsten der sichere Eingang zur Hölle. Wollte einer ausplaudern, waren seine Stunden gezählt. Mit Pepe ist nicht gut Kirschen essen. Er führt ein strenges Regiment und gibt sich nach außen als Hirte der verlorenen Schafe, trotz seiner bunten Parties an der *Costa Smeralda*, einer der schönsten Küsten Sardiniens.

Massimo erinnert sich zurück: Er hatte schon als Kind

unter seinen beiden Brüdern gelitten. Beim Indianerspiel banden sie ihn damals mit sechs Jahren an einen stachligen Baum im Garten, und danach hatten sie ihn im Streit einfach vergessen. Erst am nächsten Morgen fiel es der Familie auf, dass Massimo nicht beim Frühstück war. Kein Wort der Entschuldigung, nichts, *niente*, nur ein Schulterzucken und ein blödes Grinsen der beiden Brüder. Er war vor Angst fast gestorben. Die ganze lange Nacht stand er da, mit seiner Feder am Kopf, und voller Panik, ob er wohl verdursten würde.

Schon da wurde ihm einiges klar. Nur durch seine Strebsamkeit kam er zur Marine und danach zur Kreuzfahrt. Mit Mühe hat das die *Cosa Nostra* akzeptiert. Irgendwie machte es sie vielleicht sogar stolz. Oder es war einfach praktisch. Solange er die Geldkoffer durchs Meer schipperte, gestatteten sie ihm ein ruhiges Leben.

Er würde Salvatore helfen. Schon aus Rache wegen der Nacht damals am Marterpfahl! Nur wie? Das wusste er noch nicht genau. Aber er hatte noch immer eine elegante Lösung für alle Probleme gefunden.

*

Am nächsten Morgen läuft die MARINA im sonnigen Marseille ein.

Die französische Hafenstadt präsentiert sich von ihrer schönsten Seite. Ihrer großen Schwester Paris steht sie in nichts nach, schließlich hat sie das Mittelmeer, die Wildpferde der Camargue und duftende Lavendelfelder als Nachbarn.

Massimo ist guter Laune.

„Salvatore, *buon giorno!* Na, Lust auf einen Ausflug in das französische Hinterland?"

„Gerne." Salvatore freut sich und blickt von seinem Cappuccino auf. „Ist heute kein Koffer abzugeben?"

„Nein, heute haben wir frei."

Massimo lacht und kleine Fältchen umspielen seine Augen.

„In Frankreich machen sie zwar keinen guten Kaffee, und können auch keine *Pasta al dente* kochen, dafür haben sie guten Wein und prima Käse. Los, wir fahren durch die Dörfer, vielleicht sogar bis Aix-en-Provence oder in die Parfümstadt Grasse oder sogar bis Saint Tropez und tauschen unser *Dolce Vita* gegen *Laisser-faire.*"

„Hört sich gut an", antwortet Salvatore, der noch nicht ahnt, dass Massimo ihn langsam auf den Aufenthalt in Rom vorbereiten muss.

# An Land

*Währenddessen in Palermo ...*

Der Padre trommelt ungeduldig mit den Fingern auf seinen Schreibtisch. Vor ihm steht ein Grappa. Eine warme Brise streicht durch das Büro und sein Blick geht Richtung Meer.

Kann ich Massimo trauen? Bisher scheint auf dem Mittelmeer und in den Häfen ja alles glatt zu laufen. Die Geldwäsche geht reibungslos vonstatten. Dennoch, zu lange soll der Spaß nicht dauern. Vielleicht kommen die beiden noch auf dumme Gedanken. Er schenkt sich nach und greift nach dem Hörer.

„*Pronto?* Ja, hier Gaetano Pulvirenti. Verbinden Sie mich mit Consigliere Pepe Pulvirenti."

Es dauert etwas, bis sein Bruder Pepe in Rom abhebt.

„*Ciao Gaetano*, wie erfreulich von dir zu hören, wie geht es euch im schönen Palermo? Ich habe schon von euerem Erfolg gelesen. Du weißt schon. Pappalardo. Bravo, bravo ... Wir haben heute wunderbares Bistecca Fiorentina mit Rucola zum Mittagessen, dazu einen Barolo und danach *Panna Cotta*."

„Du wirst dort im Vatikan auch immer fetter", erwidert sein Bruder.

„Ist doch egal, das ist ein Zeichen von Wohlstand, und

unter der Mönchskutte sieht es ja keiner. Du kommst doch am Dienstag nach Porto Cervo, oder? Ich gebe wieder eine meiner tollen Parties!"

„Pepe, ich habe im Moment andere Probleme."

„Salvatore?"

„Ja, woher weißt du das?"

„Ein *Consigliere* der Vatikanbank weiß oder ahnt alles", grunzt er ins Telefon. „Dein Salvi hängt mit Massimo im Mittelmeer rum. Ob das ein gutes Zeichen ist?"

Don Pulvirenti startet seine Anfrage: „Eben, deshalb dachte ich, ich könnte Salvatore eine Zeit lang zu dir schicken. Wir müssen ihn etwas mehr fördern, wenn du weißt, was ich meine. Er muss endlich mal Verantwortung übernehmen! Aber bisher wird das nichts. Er ist zu weich."

„Und woran hast du gedacht? Sollen wir ihn an einen Baum binden, so wie Massimo damals?" Pepe kichert.

„Irgendetwas Subtileres, damit er bei der Stange bleibt. Da gibt es doch bestimmt einiges bei dir da in der Bank, oder?"

„Na ja, lass mich nachdenken. Kommst du jetzt auf die Party? Nimm doch den Heli, du kannst deinen Sohnemann gerne auch gleich mitbringen. Dann reden wir darüber. Gibt auch hübsche Damen."

„*Vediamo*, Pepe, mal sehen"

Damit ist das Gespräch beendet. Don Pulvirenti

schenkt sich noch einen weiteren Grappa ein, während sich Consigliere Pepe Pulvirenti noch eine zweite Panna Cotta gönnt.

\*

Enzo öffnet wie immer um 9 Uhr seine Praxis.

Die ersten Damen sitzen bereits im Wartezimmer und nippen an ihrem Cappuccino aus der exklusiven Maschine.

Manche bestehen auf dickere Lippen, manche auf weniger oder mehr Busen, wieder andere wünschen sich anliegende Ohren oder eine attraktive Nase. Baustellen im Äußeren, aber ein Seelenklempner wäre bei einigen sicher viel dringender.

Enzo lässt sich in seinen weißen Praxissessel fallen und denkt an seinen Freund Salvi.

Ja, wann kommt der jetzt eigentlich wieder? Seit der Abreise kein Lebenszeichen. Ob es ihm gut geht?

Salvis Besuch und seine Verwirrtheit über seine eigentliche Identität gehen ihm nicht mehr aus dem Kopf. Wie hätte ich ihm nur helfen sollen? Ob Salvatore deswegen abgereist ist? Doch alle bisherigen Versuche wegzulaufen waren jedes Mal kläglich gescheitert.

Salvatore spricht nicht viel darüber. Doch Enzo weiß, dass sein Vater dubiose Geschäfte macht und Salvi schwer im Griff hat. Einmal hat Don Pulvirenti vorübergehend einen Bodyguard angeheuert, einen von der gröberen Sorte. Der machte auch Salvis geheime Treffen mit Nina und Maria sehr kompliziert. Einmal hatte Enzo die beiden sogar seperat in der Praxis empfangen. Maria hatte dabei ihre Strickjacke vergessen. Die hing immer noch in einem Spind.

„Der nächste, bitte", sagt Enzo mechanisch in die Sprechanlage, während er darüber nachdenkt, ob er Salvatore auf der MARINA anrufen soll.

\*

Nach der Beerdigung von Don Pappalardo hat Ninas Mann Riccardo und ihr Bruder Fernando das Kommando der Pappalardo übernommen und spielen sich auf wie *Al Capone*. Leider hat keiner von beiden das gleiche Charisma und den gleichen Einfluss wie Don Pappalardo. Ninas Mann Riccardo sprach zudem von einem erfolglosen Besuch bei der sofort verdächtigen, verfeindeten Familie Pulvirenti.

Nina und Maria beschließen, einige ruhige Tage in Kalabrien zu verbringen, und Nina sagt alle Anwaltstermine ab.

*Habe ich Salvi vielleicht Unrecht getan?*, denkt Nina oft. Ich war schon recht schroff gewesen. Bei unserem letzten Treffen in der Bar habe ich ihm einiges unterstellt. Vielleicht war der Tod von Papa ja wirklich nur ein schlimmer Unfall gewesen ...

# En Provence

Mit den sicheren Händen eines Kapitäns lenkt Massimo den roten 2 CV durch die Hügel der Provence. Das Verdeck ist offen, das Zirpen der Grillen und die trockene Sommerluft begleiten sie ihn und Salvatore auf der wackeligen Fahrt.

„Naja, Ferrari ist das keiner, mit dem kommen wir nie bis nach St. Tropez", scherzt Salvatore und genießt die üppige Landschaft.

„Warum in die Ferne schweifen, wenn das Gute ist so nah. Halten wir doch einfach im nächsten Dorf, sieh mal, das Ortsschild: *Village pittoresque*, das ist doch perfekt!"

Ein einsames, schattiges Café am Marktplatz lädt zum Verweilen unter einem Olivenbaum ein.

„Zwei Pastis auf Eis und eine Karaffe Wasser", bestellt Massimo in fließendem Französisch.

„Bitte noch Baguette, Käse, Oliven und getrockneten Schinken. Reisen macht hungrig!", fügte er hinzu.

Flink baut er ein kleines Miniaturschachbrett auf.

„Im Spiel erkennst du den Menschen", meint er und stellt geschickt Weiß gegen Schwarz auf.

„Los, Salvi, fang an, mach einen Zug."

Salvi mag spielen wie er will. Nach drei Pastis und drei Schachmatt legt er sich stöhnend zurück.

„Spielen wir lieber Mikado", meint er. „Da bin ich besser."

„Nein, Salvi", meint Massimo streng. „Dieses Spiel hier ist wie auf See: Strategie und Taktik sind lebenswichtig. Du musst endlich lernen ein paar Schritte voraus zu denken, sonst entkommst du der Mafia nie! Ab heute wird jeden Tag gespielt, damit du mental fit bist."

„Wieso muss ich mental fit sein?" erwidert Salvi irritiert.

Massimo holt tief Luft.

„Salvi, ich muss dir jetzt etwas Wichtiges sagen. Demnächst wirst du das Schiff verlassen. Der Padre will, dass du dein Praktikum im Vatikan fortsetzt. Bei Onkel Pepe."

Salvatore bleibt fast eine Olive im Hals stecken.

„Niemals! Was soll ich bei dem greisen Bunga-Bunga-Knallkopf? Der hat mir als Junge schon immer beim Duschen zusehen wollen. *No, grazie!* Kannst du mich nicht hier im Dorf zurücklassen? Sag einfach, ich mach einen Malkurs bei van Gogh."

„Kopflos und unbedacht, Salvi, womit wir wieder beim Schach wären. Erstens ist van Gogh tot und zweitens holen die dich hier mit einem Helikopter ab, bevor du den ersten Pinselstrich gemacht hast. Im Moment ist es das Beste, wir bleiben zusammen und arbeiten einen Plan aus. Ich helfe dir, aber du musst Geduld haben!"

Salvatore seufzt und schöpft zugleich neue Hoffnung.

„Einen Plan ausarbeiten? Wie soll der aussehen?"

„Ich sehe nur eine Lösung. Du musst für immer verschwinden. Neue Identität. Kannst du dir das vorstellen?"

Sofort ist Salvatore hellwach. Er hat ja damals selbst schon an die Gesichtsoperation gedacht. Die Enzo abgelehnt hat.

Massimo fährt fort: „Neue Identität heißt, du kannst nicht mehr zurück. Weder ins Haus, noch in deine Hütte, noch zu deinen Freunden und auch nicht nach Palermo. Verstehst du? Wir müssten es vielleicht sogar wie einen Unfall aussehen lassen. In die Schiffsschraube geraten oder so etwas."

Salvatore schaudert es. „Die Worte, *es soll wie ein Unfall aussehen*, kommen mir irgendwie bekannt vor, Massimo. Muss das sein? Und was wird dann aus Nina und Maria?"

Massimo zögert. „Ist das deine Jugendliebe mit Kind aus dem Haus Pappalardo?"

Salvatore schlägt das Herz bis zum Hals. Nie hat er seit der Familienfede mit den Pappalardo zugegeben, dass er noch Kontakt mit Nina hat. Jetzt aber nickt er.

Massimo überlegt und knackt eine Pistazie auf.

„Hmm, kompliziert, spielen wir noch eine Runde Schach, vielleicht fällt uns dazu ja was ein. Am besten nimmst du gleich mal die besagte weiße Dame und den weißen König."

Da es um Nina geht, bemüht sich Salvi, besonders konzentriert zu bleiben. Tatsächlich, die Abstände zwischen den kläglichen Schachmatts werden immer länger, aber so richtig perfekt läuft der Plan nicht. Meistens werden entweder er oder die Dame entfernt.

„Vielleicht wäre doch die Kronzeugenvariante besser", meint Salvatore. „Ich wollte schon immer meinen Schulfreund Luigi dazu befragen, aber ich traue mich nicht."

„Ich weiß nicht, Salvatore, du bist dann wie eine Art wandelnde Zeitbombe, also ich würde es nicht empfehlen", meint Massimo, während er einen Läufer schlägt.

„Man bekommt doch Personenschutz, oder?", fragt Salvatore.

„Darauf würde ich mich nicht verlassen, besser ganz raus oder gar nicht. Aber du kannst es dir ja noch überlegen."

So neigt sich der provenzalische Tag seinem Ende zu. Die Sonne versinkt langsam hinter den duftenden Lavendelfeldern. Keiner hat wirklich Lust, zum Hafen zu fahren. Kurzerhand reserviert Massimo ein Quartier in einer gemütlichen Pension in der Nähe.

Auf der schattigen Terrasse vor ihren Zimmern schmausen sie französische Köstlichkeiten und schmieden weiter Pläne. Salvatore begreift langsam seine Chance. Das erste Mal in seinem Leben fühlt er sich nicht allein.

Spät nachts liegt Salvatore müde auf seinem Laken und denkt nach. *Nie mehr zurück.* Werde ich das schaffen? Es heißt, man kann Brücken nie ganz abbrechen. Massimo hat gesagt, ich muss mich nicht gleich entscheiden. Im Nebenzimmer hört er, wie Massimo mit dem ersten Schiffsoffizier telefoniert.

„Wie bitte? Gianni und Sergio Pulvirenti heißen die neuen Gäste? Ja, das sind meine Neffen. Eine Kabine? Meinetwegen, wenn's unbedingt sein muss. Aber wenn ein Herr aus dem Vatikan anruft, wir sind ausgebucht!"

Angsterfüllt schläft Salvatore ein.

\*

Am nächsten Morgen stehen Salvatore und Massimo sehr früh auf. Der feuchte Morgentau liegt noch auf den Wiesen, die Provence schlummert vor sich hin.

Sie holen sich Croissants, Café und frisch gepressten Orangensaft in einer Boulangerie im Dorf und frühstücken schweigend an einen kleinen Bach. Das Wasser sprudelt sanft über glatte Steine, hier und da fliegt eine Libelle.

„Kennst du eigentlich die Meditation von der Flussfähre?" fragt Massimo.

„Nein", erwidert Salvi kauend „Ich bin ja kein Kapitän so wie du."

„Sei nicht kindisch. Schließ mal die Augen."

Salvatore folgt, fragt sich aber, wo das nun wieder hinführen soll.

„Pack im Geist alle deine Sorgen, große und kleine, in einen Sack … fertig? Jetzt schnür ihn fest zu. Schlepp ihn ans Ufer und lass in Gedanken eine Fähre ans Ufer kommen. Siehst du sie? Dann lass sie ganz langsam anlegen … Jetzt leg den Sack auf die Fähre … sieh zu, wie sie ablegt, sich mit deinen Sorgen entfernt und dabei immer kleiner wird."

„Ich fühl mich irgendwie leichter", meint Salvi.

„Vielleicht hilft es dir ja, dich zu entscheiden. Wärst du bereit, alles hinter dir zu lassen?"

Salvatore nickt. „Ich glaube, es wäre es wert."

\*

Die rote Ente zuckelt mit ihnen zurück zum Hafen von Marseille. Aus dem Radio dudeln französische Chansons. Es ist inzwischen Mittag. Die beiden steigen mit ihren Reisetaschen aus und blicken zum oberen Deck der MARINA. Gianni und Sergio winken ihnen bereits.

Salvatores Blick fällt auf sein Handy.

Nachricht vom Padre. Auch das noch. Er liest.

„Ciao. Praktikum wird in Rom fortgesetzt. Bei Pepe. Halte dich bereit zur Abfahrt."

Salvatore hält die Nachricht Massimo unter die Nase.

Der zuckt nur mit den Achseln und sagt:
 „Es war doch nur eine Frage der Zeit. Da musst du jetzt durch."

# Roma

Der Zug nach Rom steht geduldig am kleinen Bahnhof von Civitavecchia. Nach einem Aufenthalt in Barcelona hat die MARINA im Hafen von Civitavecchia angelegt und Massimo seinen Neffen verabschiedet. Gianni und Sergio waren bereits von Barcelona nach Palermo zurückgeflogen.

Salvatore nimmt in einem leeren Abteil Platz und sieht gedankenverloren auf den grauen Bahnsteig. Wenige Touristen. Die meisten nehmen vom Schiff aus Busse oder Taxis mit Chauffeur nach Rom. Stadtrundfahrt inclusive.

Ihm ist der Zug lieber. Jemand hat mal gesagt, mit dem Zug nach Rom zu fahren sei so, wie im Bauch der Mutter anzukommen. Wie das wohl sein mochte, im Bauch der Mutter anzukommen. Und in welchem? Ich weiß ja gar nicht, aus welchem Bauch ich gekommen bin.

Traurigkeit steigt in seinem Herzen auf und die ersten Tränen tropfen auf seine Hose. Wieso hat sie mich damals verlassen? Sie muss in Not gewesen sein. Ob sie noch an mich denkt, ob sie noch lebt? Ob ich sie finden könnte?

Salvatore hält sich ein Taschentuch vor die Augen und versucht, sich seine Mutter vorzustellen. Das Bild von

*Mona Lisa* taucht immer wieder vor ihm auf. Leonardo da Vinci hat sie ja auch für einen Jungen ohne Mutter gemalt. Irgendwie tröstlich. Die warmen Tränen verebben langsam. Was hat seine Ziehmutter immer gesagt? Wenn das Leben dir eine Zitrone gibt, mach Limonade draus. Vielleicht kann ich ja Rom zu meiner Mutter machen? Die ewige Stadt mit ihren sieben Hügeln, die Mutter aller Städte, die Mutter von Romulus und Remus. Sie hat bestimmt noch Milch für einen dritten Sohn.

Unbewusst tastet seine Hand nach dem Miniaturschach in seiner rechten Westentasche. Massimo hat es ihm bei der Abreise geschenkt. Unzählige Partien haben sie die letzten Tage auf Deck gespielt. Und er war tatsächlich immer vorausschauender geworden.

In der linken Westentasche spürt er das neue Handy. Sie haben es in Barcelona gekauft, nachdem Sergio und Gianni ausgecheckt hatten.

Die beiden Brüder waren die Tage auf dem Schiff sehr deutlich gewesen: Der Padre wollte Salvatore besser orten. Auf See war der Cosa Nostra die Kontrolle über ihn entglitten. Er musste also vorsichtig sein, wen er wann anrief.

Das neue Telefon würde ihm helfen, mit Massimo in Kontakt zu bleiben.

Salvatore legt sich zurück und versucht sich zu entspannen. Die gleichmäßige, hügelige Landschaft des römischen Umlands macht ihn schläfrig. Er nickt ein.

Plötzlich klopft es ans Abteil.

„*Permesso*", sagt der Schaffner freundlich. „Biglietti, bitte."

Salvatore hält ihm die Fahrkarte hin. Danach vertieft er sich in die Zeitungen aus Palermo, die ihm die Brüder mitgebracht haben und überfliegt kopfschüttelnd die Schlagzeilen.

„Immer wieder Schlägereien am Hafen."

„Der Ätna brodelt weiter."

„Papstbesuch auf Sizilien."

Dann stutzt er.

„Beerdigung von Don Pappalardo."

Ein Foto zeigt die trauernde Familie, alle in schwarz. Vorne am Grab kniet Nina. Neben ihr schluchzend die kleine Maria. Ninas Mann Riccardo und Ninas Bruder Fernando halten Marias Händchen. An einem Baum im Schatten lehnt Salvatores Freund Luigi von der Polizei und beobachtet alles genau. Mörder tauchen angeblich gerne auf Beerdigungen auf.

Nicht bei uns, denkt Salvatore und lässt mutlos die Zeitung fallen.

Ich werde einfach alles gestehen, so wie es war, dass ich den Wagen gefahren bin, wer geschossen hat, und, und, und. Dann werde ich Nina abholen, und Maria, und sie um Verzeihung bitten, ihr sagen, dass ich gar kein geborener Mafioso bin.

Im Ohr hört er sein Blut rauschen, eine innere Stimme

beruhigt ihn. Alles wird gut, alles wird gut, jetzt nichts überstürzen.

Er wird aufgeschreckt durch ein zweites Klopfen am Abteil.

Der Schaffner steckt noch einmal den Kopf durch die Tür.

„Permesso, würden Sie die letzten Kilometer bis Rom auf das junge Mädchen aufpassen? Sie reist allein."

Während Salvatore noch nickt, betritt das Mädchen das Abteil und setzt sich ihm gegenüber. Ihre gebräunten Beinchen baumeln ins Leere, um den Hals trägt sie ein Schild: *Maria Pappalardo, 9, Roma.*

Sie lächelt ihn freudestrahlend an: „Salvi, was tust du hier?"

„Das sollte ich dich fragen." Salvatore zerknüllt schnell alle Zeitungen. „Was machst du denn ganz allein im Zug, Maria?"

„Ich war bei einer Tante am Meer und jetzt fahre ich zu Mamma. Sie holt mich in Rom ab, da bleiben wir ein paar Tage."

Salvatores Herz fängt an, aufgeregt zu schlagen.

„Ist dein Papa auch dort?"

„Ich weiß es nicht." Sie zuckt mit den Schultern. „Vielleicht, wenn er gerade keine Geschäfte macht."

„Und wo wohnt ihr?"

„Hier!"

Sie dreht das Schild, das sie um den Hals trägt, um.

Salvatore speichert die Adresse blitzschnell in seinem Gehirn. *Via dei Condotti.* Die Straße kennt er! Sie ist ganz in der Nähe der bekannten Spanischen Treppe.

„Und was machst du so?", fragt ihn Maria neugierig.

„Ich?", stottert Salvatore. „Ich besuche den Vatikan."

„Cool", meint Maria. „Kannst mir dort ein Autogramm vom Papst besorgen?"

„Ich versuche es", meint Salvatore und schmunzelt.

„So, bitte aussteigen, *piccola signorina!* Wir sind da."

Sie haben gar nicht bemerkt, dass der Zug schon im Terminus von Rom eingelaufen war.

Was soll ich jetzt machen? Mit ihr aussteigen? Warten? Was, wenn dieser Riccardo oder Fernando dabei sind? Nicht auszudenken, denkt Salvatore bei sich.

„Kommst du auch?", fragt Maria unschuldig. „Treffen wir uns in Rom? Es gibt sogar einen Zoo. Du magst doch Tiere!"

Salvatore lächelt ihr zu und späht gleichzeitig aus dem Fenster. Und sieht sie: Nina im weißen Sommerkleid und schwarzen Ballerinas. Das dichte, braune Haar mit einem bunten Band zum Pferdeschwanz gebunden. Mit ihren dunklen Augen sucht sie die Zugfenster nach Maria ab.

Maria reißt sich vom Schaffner los und fällt ihrer Mutter am Bahnsteig freudig in die Arme. Mamma Nina schwingt sie im Kreis und streicht ihr danach liebevoll über die Haare. Salvatore beobachtet die Szene vom Abteil aus. So begrüßt eine echte Mutter also ihr Kind.

Sein Atem stockt, als Maria aufgeregt auf sein Abteil zeigt. Vor Schreck zieht er den Kopf ein. Doch Nina hat ihn bereits entdeckt. Der dunkle Blick einer geschulten Anwältin durchdringt die verklebte Scheibe, während Maria verschmitzt an Ninas weißem Kleid auf und ab springt. Ninas fragender Blick trifft auf seinen. Sekunden vergehen. die Welt scheint still zu stehen. Wie ein Reh, das in die Augen seines Jägers blickt, lächelt ihr Salvatore schüchtern zu. Er atmet tief ein und nimmt all seinen Mut zusammen. Schach hin, Schach her, er schnappt flink sein Gepäck und stürmt auf den Bahnsteig.

Er sieht sich um, aber Nina und Maria sind bereits verschwunden. Im Bauch der Mutter Roma summt es wie in einem Bienenstock. Hunderte Menschen, Geplapper, unverständliche Ansagen verwirren Salvatores Sinne. Plötzlich sieht er es wieder, das flatternde weiße Kleid in der Menge, und läuft los.

„Nina, Nina, *aspetta*, so warte doch!", ruft er laut.

Nina tut so, als ob sie ihn nicht hört und drückt Marias Hand noch fester.

„Mamma, nun warte doch, das ist Salvi, er will dir nur Hallo sagen. Und mit in den Zoo. Was hast du nur? Du magst ihn doch auch!"

Nina zieht Maria weiter Richtung Ausgang.

„Maria, die Pulvirenti sind gefährlich, sie haben wahrscheinlich deinen Opa auf dem Gewissen, *capito!*"

Maria spreizt sich gegen ihre Mutter. „So ein Quatsch, Mamma, Salvi doch nicht, der ist voll lieb", schnaubt sie trotzig.

Salvatore weiß mittlerweile nicht mehr, wie viele Menschen er schon angerempelt hat, nur um Nina wiederzusehen, ihre Zweifel auszuräumen, sie zu retten.

„Entschuldigung, sorry, *scusi!*", ruft er wahllos vor sich hin. Trotz dieses Hindernislaufes holt er sie langsam ein, auch dank Maria, die sich bei Nina beharrlich als Bremse einsetzt.

„Nina, warte! Ich erkläre dir alles. Lass uns erstmal etwas trinken, so wie früher."

Abrupt hält sie an. Ihre Augen sprühen Lava und Feuer.

„Was willst du noch von mir? Lass mich in Ruhe!"

„*Mamma, chill your base!*", sagt Maria entsetzt auf Englisch.

„Maria, misch dich da nicht ein!" Nina brodelt nun wie ein rauchender Vulkan.

„Nina, hör mir einfach zu. Was wirfst du mir denn vor? Ich war nur eine Woche auf See. Ich liebe dich doch. *Ti amo sempre!* Es hat sich nichts daran geändert."

Jetzt war es raus. Maria und Nina zucken beide bei Salvis Geständnis zusammen.

„Ich habe dir auf See, bei Capri, sogar einen Song geschrieben."

Ein Zweifel macht sich auf Ninas Gesicht breit.

Maria umarmt Salvatores Bein.

„Siehst du, Mamma, der ist so süß!"

„Komm jetzt, Maria, draußen wartet dein Papa", meint Nina verwirrt.

„Ich will aber, dass Salvatore uns besucht und mit in den Zoo geht!"

Nina wird ungeduldig.

„Vielleicht. Jetzt komm!"

„Nina, ich habe einen Plan ... für uns", wirft Salvatore ein.

„Ich pfeif auf deinen Plan. Du wirst gesucht. Wenn sie uns mit dir erwischen, sind wir Futter für die Löwen im Colosseum. Und nun *Ciao!*"

Nina dreht sich um. Maria tippt non-stop auf das Umhängeschild mit ihrer Adresse, während Nina sie Richtung Ausgang schleift. In der Entfernung sieht Salvatore Ninas Mann Riccardo auftauchen.

Instinktiv dreht er sich um und blickt in die Augen von Onkel Pepe persönlich.

# Im Vatikan

„*Ciao, carissimo Salvatore, mein geliebter Neffe!*"

Onkel Pepe breitet seine Arme aus. „Wie schön, dich in Rom zu sehen!"

Salvatore ist völlig überrascht. „Ciao, Pepe, was machst du denn hier?"

„Ich dachte, ich hole dich gleich selbst vom Bahnhof ab. Ich hoffe, du weißt es zu schätzen. Ein Consigliere bei der Vatikanbank ist nämlich ein sehr beschäftigter Mann."

Er schnippt mit den Fingern und wie aus dem Nichts tauchen zwei Soldaten der päpstlichen Schweizergarde auf. Sie tragen die typische bunte Uniform in gelb, blau und rot und begleiten die beiden samt Gepäck unauffällig nach draußen zu einer langen, weißen Limousine. Sie hat weiße Ledersitze und verdunkelte Scheiben. Pepe drückt auf einen Knopf und eine Minibar taucht vor ihnen auf.

„*Campari, Prosecco, Whiskey?* Es gibt alles, was dein Herz begehrt", ruft er freudig.

„Hast du nichts ohne Alkohol?", meint Salvatore vorsichtig.

„Keine Sorge, alles Weihwasser." Pepe schmunzelt. „Wir haben hier auch Eis."

Beim nächsten Knopfdruck öffnet sich eine gefrorene Box mit einer Auswahl bunter Eissorten.

Salvatore staunt nicht schlecht und gibt eine Kugel Erdbeereis in einen Pappbecher mit Vatikanmuster, während sich Pepe einen Gin Tonic auf Eis mixt.

Die Limousine gleitet leise durch die belebten Straßen Roms. Einige Menschen halten inne, aber durch die dunklen Scheiben erkennt sie niemand. Sie fahren am Colosseum vorbei, dann am Tiber entlang Richtung Petersdom.

Salvatore schwirrt der Kopf.

Du wirst gesucht, hat Nina gesagt. War das wahr? Oder einer ihrer Anwaltsbluffs, um ihn fernzuhalten?

Ich muss versuchen, mehr zu erfahren!

„Na, wie war es auf See?", fragt Pepe interessiert. „Läuft unser guter heiliger Massimo schon übers Wasser? Wieso wart ihr denn nicht auf meiner Fiesta auf Sardinien?"

Salvatore schreckt hoch. Ein Stückchen Erdbeereis ist auf dem weißen Ledersitz gelandet. Er wischt es unauffällig mit einem signierten Taschentuch weg und muss unweigerlich an den blutverschmierten Lappen von damals denken.

„Wir hatten zu tun, Koffer übergeben, du weißt schon", versucht er abzulenken.

„Also, wir machen das bei uns viel einfacher! Jede dritte Spende schaffe ich auf unsere privaten Mafiakonten, ich zeig es dir demnächst. Eure Geldwäsche-Koffer-Methode ist ja wohl von *anno dazumal*! Naja, so primitiv seid ihr eben noch, da unten in Sizilien. Du wirst bei mir in Rom viel lernen."

„Wo werde ich denn wohnen?", wirft Salvatore ein.

„Du kommst in den Gemächern des Vatikans unter. Wir haben sehr viel Platz. Und du hast einen privaten Guide. Mit dem kannst du dir Rom anschauen oder in Nachtclubs gehen, wenn du willst. Gelder in den Vierteln Roms treiben ein paar der Leute von der Schweizergarde ein. Da brauchst du dich nicht drum kümmern. Und am Wochenende kannst du gern entspannen, im Castel Gandolfo."

„Und wo ist hier der Zoo?", fragt Salvatore.

„*Der Zoo?* Das hat mich hier noch nie jemand gefragt, du bist und bleibst ein Spinner, Salvi! Heute Nachmittag kannst du aber gleich mal zusehen, es ist Papstaudienz. Viele spenden danach etwas, das ist leichte Beute, die darfst du behalten. Begrüßungsgeld. Das fällt keinem auf." Er zwinkert schelmisch.

Salvi schluckt. Seit seiner Kindheit ist er trotz aller Machenschaften gläubig, das darf doch alles nicht wahr sein!

Mittlerweile fährt die Limousine durch ein goldenes Portal in die Vatikanstadt. Die Marmorköpfe mehrerer Heiliger blicken von prächtigen Statuen auf sie herab.

„Willkommen in meinem Reich", meint Pepe und prostet Salvatore zu.

„Merk dir, die Geldangelegenheiten hier kenne ich. Mir entgeht nichts."

Mit gespreiztem Zeige- und Mittelfinger deutet er streng auf Salvatores Augen.

\*

Pepe geleitet seinen Neffen durch die päpstlichen Gänge bis zu seinem Arbeitszimmer. Dort wirft er sich eine weiße, frisch gestärkte Priesterkutte über. Er verweist auf das offene Fenster. Unter ihnen majestätisch der Petersplatz.

„Wink doch mal hinunter", meint Pepe. „Macht echt Spaß. Ich würde gern ein paar Worte ins Mikrofon sagen, vor allem auch, *vergesst nicht, für die Mafia zu beten!*" Er lacht sich krumm.

„No, grazie", antwortet Salvatore, während er nach unten auf die Touristentrauben späht. Anschließend wendet er sich einer riesigen Brokatbibel auf dem Schreibtisch zu und bewundert den edlen Einband. Er schlägt die erste Seite auf und vor Schreck sofort wieder zu. In der Bibel ist das Werk *Il Principe* von Macchiavelli versteckt.

„Santo spirito, Onkel Pepe, was soll das denn?"

„Reg dich ab, ich lasse mich nur inspirieren. Auch die Cosa Nostra braucht Anregungen. Meinst du nicht? Interessante Lektüre. So, jetzt aber ab in dein Zimmer, pack aus, wir treffen uns später vor dem Audienzraum. Übrigens, hier musst du auch eine Priesteruniform tragen. Steht dir sicher gut, aber mach mir nicht die Nonnen kirre", kichert er.

\*

In seinem Zimmer, es ist eine karge Mönchszelle mit Gitterfenster, verstaut Salvatore seine Zivilkleidung im linken Teil eines hellen Holzschranks.

Im rechten Teil hängt bereits sein neues Outfit. Weiße, braune und schwarze Kutten mit jeweils farblich passenden Designerschuhen und geschnitzten Holzkreuzketten. Sogar einige Unterhosen und Socken mit Papstverzierung liegen bereit.

Er wählt eine der schwarzen Kutten und sieht in den Spiegel.

Steht mir eigentlich ganz gut, denkt er bei sich.

Sie riecht zwar etwas nach Jute und Weihrauch, dennoch erscheint sie ihm am unauffälligsten. Schließlich will er abends in die Stadt und versuchen, Nina in ihrer Straße ausfindig zu machen.

Er schnappt eines der hellen Holzkreuze, lässt die Papstaudienz über sich ergehen, nimmt unwillig ein paar Spenden an, die Pepe ihm zusteckt, immerhin einige tausend Euro, und schleicht sich bei untergehender Sonne aus dem Vatikan.

Sein Handy lässt er vorsorglich im Zimmer. Damit kann der Padre ihn orten. Nur das neue Handy von Massimo hat er dabei. Sicher ist sicher.

Eiligen Schrittes geht Salvi Richtung Zentrum Roms. Ziel: Spanische Treppe, Via dei Condotti.

# Via dei Condotti

Salvatore weiß, dass Maria auch in den Ferien um 22 Uhr schlafen gehen muss. Da ist Nina streng. Und um Mitternacht soll er wieder im Vatikan sein. Es ist bereits 20 Uhr, die Zeit also knapp, um Nina zu treffen und mit ihr zu sprechen.

Der Abend ist lau und die untergehende Sonne taucht Rom in warmes Licht. Touristen und Liebespaare schlendern durch die ewige Stadt. Salvatore sieht sie kaum. Er hat nur Nina im Sinn. Wird sie ihn anhören? Wird er sie überzeugen können? Er eilt weiter. An der Fontana di Trevi werfen viele wie immer einen Cent oder eine kleine Münze über ihre Schulter in den Brunnen. Laut Brauch werden sie dann wiederkommen.

Salvi denkt spontan, ob die Mafia wohl selbst dort nachts die Münzen aus dem Brunnen sammelt und sieht sich aus Gewohnheit permanent um, ob ihm jemand folgt.
Endlich erreicht er die Spanische Treppe und setzt sich auf eine der warmen Stufen. Von dort kann er gut die Via dei Condotti einsehen. Neben, über und unter ihm sitzen, trotz Verbot, vergnügte Jugendliche.

Händler laufen hoch und runter, in der Hoffnung, irgendeinen Kitsch zu verkaufen.

Salvi überlegt. 21 Uhr. Er könnte mit dem neuen Telefon Nina anrufen. Ihre Nummer kennt er auswendig. Aber Massimo hat gesagt, nur im Notfall benutzen. Ist das hier ein Notfall? Und was, wenn sie auflegt? Jemand anderes abhebt? Er könnte auch eine Gitarre ausleihen und vor ihrem Fenster singen. Die Hausnummer hat er sich ja gemerkt. Unendliche, sinnlose Gedankenspiralen laufen in seinem Kopf ab, wieder und wieder.

„*Monsignore*, kann ich beichten?"

Salvatore schreckt auf. Ein junger Mann sitzt traurig neben ihm auf der Treppe. Er hat ihn gar nicht bemerkt. Bevor Salvatore ihm erklären kann, dass er bei ihm an der ganz falschen Adresse ist, fängt der Mann an, ihm sein Leid zu klagen. Salvi hört geduldig zu und legt schließlich seinen Arm um ihn.

Wie absurd, eigentlich sollte ich beichten gehen, denkt er bei sich. Letztlich reicht Salvi ihm sein Taschentuch zum Trost.

„Das wird wieder, versuchen Sie einfach, es wiedergutzumachen", sagt Salvi mehr zu sich selbst als zu ihm.

Da sieht er sie: Maria und Nina, sie biegen um die Ecke, in die belebte Straße. Salvi hastet über die Treppen nach unten, stolpert mehrfach über den Saum der

Mönchskutte und läuft ihnen hinterher. Kurz vor der Eingangstür des Hauses erreicht er Ninas Schulter.

„Nina!", ruft er atemlos.

„Salvi!" Maria ist überglücklich. „Super, du hast dir unsere Adresse gemerkt."

Nina starrt ihn an. „Wie siehst du denn aus?", bemerkt sie spöttisch. „Carnevale ist im Februar. Bist du jetzt zu den Heiligen übergelaufen? Ich lach mich schlapp."

Salvi sieht betreten auf seine Priesterkutte und dreht nervös an seinem Holzkreuz.

„Nina, ich muss mit dir reden. Es ist wichtig."

„Was willst du mir denn noch sagen?"

„Dass er mit in den Zoo will, bestimmt!", wirft Maria ein. „Wir gehen morgen Nachmittag!", zwitschert sie weiter.

„Nina, es ist alles ein Missverständnis, du weißt doch, dass ich nie Mafioso sein wollte."

„Was wolltest du denn dann sein?", zischt sie. „Wieso hast du nichts anderes gemacht? Immer Opfer der Umstände, das ist mir zu einfach!"

„Nina, du weißt, ich habe es versucht, und du weißt auch, wie es bei der Cosa Nostra läuft, so einfach ist das nicht, aber jetzt habe ich einen Plan in petto, für uns!"

„Lass es, ich habe es dir schon am Bahnhof gesagt, und ich glaube auch nicht mehr an deine Pläne: Opernsänger, Pizzabäcker, was denn jetzt, Beichtvater? Du wirst es nie schaffen, du bist ein armer Mitläufer, jetzt bring nicht auch noch uns in Schwierigkeiten, kapierst du das?"

Sie fingert nach ihrem Hausschlüssel in der Handtasche. Oben öffnet sich ein Fenster. Ihr Mann, Riccardo, steckt den kahlen Kopf heraus.

„Mit wem redet ihr denn da unten? Wartet, ich komme gleich runter."

„Los jetzt, Salvi, es ist aus!"

Nina stößt ihn heftig zurück. Rücklings fällt er an eine Schaufensterscheibe. Er rappelt sich auf, in der Tür steht bereits Riccardo in einem fleckigen, weißen Unterhemd und mit brennender Zigarette im Mund.

„Was quatscht ihr mit dem, ist das ein Bettler? Zisch bloß ab, wir spenden nichts."

Er zieht Nina und Maria ins Haus und knallt die Tür ins Schloss.

*

Salvatore richtet sich auf, reibt sich die Knochen und streift mit Tränen in den Augen den Staub von der Kutte. Mit hängendem Kopf schleppt er sich durch die Straßen Roms.

Letztlich lässt er sich auf einer Bank am Tiber nieder. Er legt seinen Kopf in die Hände und schluchzt.

Jede Hoffnung verschwindet in einem gähnenden schwarzen Loch, das erbarmungslos alles verschlingt.

Die Welt sieht er nur noch durch einen Schleier voller Tränen. *Er wird sie nie wiedersehen!* Wie soll er so weiterleben, ohne sie? Alles umsonst. Am liebsten würde er sich jetzt mit einem Stein um den Hals in den Tiber stürzen.

Mechanisch streichelt er ein streunendes weißes Kätzchen, das sich zu ihm gesellt hat.

„Bist du auch so allein?" fragt Salvatore es leise. „Wo kommst du denn her?"

Ein Geistesblitz durchströmt ihn: Katze, Tiere! Klar, Maria hatte doch vorhin wieder vom Zoo gesprochen, morgen! Ein winziges, kleines Licht scheint am Ende des Tunnels aufzuleuchten. Koste es, was es wolle, da muss ich hin, alles oder nichts.

„Danke, Kätzchen", sagt er leise.

Er nimmt es auf den Arm und schmuggelt es unter seinem Gewand durch den Vatikaneingang in sein einfaches Zimmer. Dort stellt er ihm etwas kalten Milchkaffee und einen Mandelkeks hin.

Das war alles, was er um Mitternacht für das arme Tier tun konnte.

\*

„Wenn ihr noch einmal ohne mein Beisein mit Fremden redet, inklusive Kuttenmenschen, ist Ausgang verboten!", flucht Riccardo in der Küche. „Das gilt auch für dich, Maria! Dann wird auch dieser bekloppte Zoobesuch gestrichen. *Basta!*"

Maria steigen die Tränen in die Augen.

Sie will gerade einwerfen, dass der Kuttenmensch Salvatore und gar kein Fremder war, sieht aber noch rechtzeitig den strengen Blick der Mutter und verkneift sich jeden Einwand. Ohne Worte flüchtet sie in ihr Zimmer.

„Reg dich ab!", erwidert Nina wütend. „Das Kind kann nichts dafür. Und wir sind auch nicht deine Sklaven!"

„Und ob ihr das seid! Ihr macht ab jetzt genau das, was ich oder dein lieber Bruder Fernando euch sagen. Übrigens schließen wir gerade deine Anwaltspraxis in Palermo. Wir verlegen unseren Standort jetzt nach Kalabrien. In Palermo verlieren wir zu viel Revier an die Pulviranti. Die Rache für deinen Papa organisieren von Kalabrien aus. Das hätte auch er so gewollt!"

Nina ist sprachlos. Einerseits ist sie froh, dass Riccardo das Thema wechselt, andererseits wird ihr mulmig. Jetzt nach Kalabrien bedeutet für sie das Aus: alles aufgeben, ihre Mandanten, ihre Selbständigkeit, die kurzen schönen Minuten in der Bar und die Freundschaft mit Salvi. Trotz ihrer Schroffheit vorhin blieb sie weiter unsicher, ob Salvatore wirklich für den Mord an ihrem Vater verantwortlich war. Er war doch seit Kindertagen immer ein treuer Freund gewesen.

Wieviel Strafe bekam man für Beihilfe zu Mord?

Sie wusste instinktiv, es hatte keinen Sinn, mit Riccardo zu diskutieren. Es blieb ihr nichts anderes übrig, sie musste eine andere Lösung finden.

Schweigend geht sie ins Bad, schleudert voller Hass ein Handtuch in die Badewanne und verschmiert mit einem roten Lippenstift den Schminkspiegel.

*Mich gibt es nicht mehr,* denkt sie. Seit dem Tod von Papa ist alles noch schlimmer geworden. Riccardo und Fernando beanspruchen die Nachfolge und bilden eine Art Doppelspitze. Das wird nicht lange gut gehen. Einer wird hops gehen, das ist klar. Wie, wann, wo, nur eine Frage der Zeit. Misstrauen und Kontrolle gehen um, jeder gegen jeden, auch gegen mich.

Nina blickt hinunter auf die dunkle Straße.

Sie sieht nur die beleuchteten Luxusgeschäfte, aber keinen Salvatore mehr.

Natürlich, was denke ich nur, ich bin zu weit gegangen. Was ist nur in mich gefahren, ihn so vor den Kopf zu stoßen. Wo er nun wohl ist? Wieso dieses Priestergewand? Ob ich einen Anruf wagen soll? Aber was soll ich ihm nur sagen? Klasse, mir, der sonst so redegewandten Anwältin, fällt nichts ein.

Traurig schmiegt sich Nina mit ihrem weißem Leinennachthemd an die kleine Maria, die bereits ruhig eingeschlafen ist und ihr treues Stoffschäfchen umarmt.

Vorsorglich sperrt sie noch die Zimmertür ab, falls Riccardo später, wie so oft, betrunken nach Hause käme.

*

Das neue Telefon vibriert.
Erschrocken zieht Salvatore es aus seiner Kutte.
Anruf von *Unbekannt*.
„Hallo", sagt er vorsichtig. „Wer ist dran?"
„Ciao", antwortet eine bekannte Stimme.
„Ciao Massimo!", ruft Salvatore freudig.
„Hast du mich wohl gar nicht vermutet? Wer soll es denn sonst sein? Du hast die Nummer doch hoffentlich nicht weitergegeben?"
„Nein, nein, natürlich nicht. Wo bist du?"
„Auf der Schiffsbrücke. Na, wie läuft es so?"
„Naja, ich habe quasi erst im Vatikan eingecheckt. Etwas anders ist die Kabine hier schon als die Suite auf deinem Schiff. Du, stell dir vor, ich habe Nina und Maria gesehen. Sie sind auch in Rom. Leider plus Ehemann."
„Und das heißt?"
„Ohne Nina und Maria will ich nicht weg. Das ist mir klar geworden. Aber sie weist mich ab. Sie meint, ich habe etwas mit dem Mord an ihrem Vater, du weißt schon, Don Pappalardo, zu tun."
„Und, hast du?"
„Nein, also naja, reingeschlittert, wie immer eben,

ich bin nur das Auto gefahren, ich wusste nicht, dass es ihr Vater war. Sie behauptet, ich würde gesucht, stimmt das?"

„Kann sein, möglich, dass es die Cosa Nostra im Notfall auf dich schiebt. Ich hör mich mal um. Pass gut auf dich auf, und im Notfall wirst du dich entscheiden müssen. Du oder sie. Sei bitte vorsichtig mit dieser Lady und ihrem Mann. Man sagt, sie sei Anwältin. Und er eingeheirateter Pappalardo. Nicht zu spaßen. Also genug der Warnungen, mach's erstmal gut. Ich melde ich wieder."

*Klick. Aufgelegt.*

# Krisenzeiten

Dieser Tag im Sommer ist besonders heiß. Wer zu Hause bleiben kann, bleibt zu Hause, in abgedunkelten Räumen oder in klimatisierten Gebäuden.

Nur unverbesserliche Touristen nützen ihre Regenschirme als Sonnenschutz und lassen sich von einer Besichtigung des Vatikans nicht abhalten.

Salvatore versorgt am Morgen noch liebevoll sein Kätzchen, dann lässt er sich von Onkel Pepe ein paar dunkle Machenschaften erklären.

Heute trägt dieser an seiner rechten Hand einen riesigen, funkelnden Rubin. Seine Fingernägel sind gefeilt und frisch lackiert. Er verströmt ein aufdringliches Männerparfum. Nach einem üppigen römischen Pranzo steht wie immer eine lange Siesta auf dem Stundenplan.

Salvatore sieht seine Chance!

Er schwingt sich auf eine Vespa und braust im warmen Wind Richtung Zoo.

Vor Aufregung ist ihm nicht bewusst, dass er diesmal verfolgt wird. Eine Nonne aus der Vatikanbank ist ihm unauffällig auf den Fersen.

Gähnende Leere im Zoo von Rom. Kein einziger Mensch weit und breit. Kein Tier bleibt bei dieser Hitze freiwillig draußen. Die Löwen räkeln sich in stinkenden Käfigen, ebenso die Tiger und die Affen. Die Nilpferde bleiben unter Wasser und das Elefantenpärchen drängt sich an die einzige schattige Wand.

So einen Ausflug im Hochsommer kann sich nur ein Kind wünschen, denkt Salvatore bei sich. Was für eine Schande, die Tiere hier gegen Eintrittsgeld zu quälen!

Er wirft den Affen ein paar Erdnüsse zu und hält sich einen Taschenventilator vor das Gesicht. Vielleicht vertreibt der den Gestank.

*Ob es im Aquarium kühler ist?*

Diese Gedanken hatten wohl auch Nina und Maria, die dort auf einer Bank ein Eis löffeln.

Nina blickt auf. Die sommerliche Luft scheint zu gefrieren. Nur Maria war klar, dass Salvatore kommen würde. Sie lächelt ihm zu und steht intuitiv auf, um Clownfische zu betrachten und überlässt Salvatore ihren Platz.

Salvatore setzt sich neben Nina.

Beide schauen auf einen vorbeischwimmenden Hammerhai.

„Es tut mir leid, Salvi, wegen gestern. Ich war gemein zu dir und voller Angst vor Riccardo."

„Ist schon okay, Nina, ich weiß, was Angst mit einem machen kann."

Vorsichtig nimmt er ihre Hand.

„Wir werden Palermo verlassen", seufzt sie schweren Herzens. „Sie schließen die Kanzlei. Wir gehen zurück nach Kalabrien. Gegen euch haben wir keine Chance. Und bei uns ist nach Papas Tod nur noch Rache, Hass, Neid und Eifersucht am Regiment. Ich werde nicht mehr arbeiten dürfen, wahrscheinlich werden Maria und ich nur noch geduldet."

Tränen kullern über ihre erhitzten Wangen.

Salvi nimmt Nina sanft in seine Arme und versucht sie zu trösten.

„Das ist alles eure Schuld!", schluchzt sie.

„Nina, ich kann nichts dafür!"

„Doch, ich habe die Anzeige vom Staatsanwalt gelesen. Luigi hat sie mir doch selbst gezeigt!"

„Massimo hatte also recht mit seiner Vorahnung. Sie schieben es auf mich", murmelt Salvatore.

„Nina, glaub mir, ich wusste nicht, wen ich da im Auto fahre."

„Also doch! Du gestehst also Beihilfe zum Mord an meinem Vater!"

„Nina, ich war nur Zeuge und wurde dafür missbraucht. Du musst mir glauben! Es tut mir so leid, aber wir müssen uns jetzt gegenseitig helfen. Du willst doch auch raus aus dem System. Und Maria, sie kann doch nicht so aufwachsen! Egal was war, ich liebe euch beide, und habe jemand, der uns helfen wird. Ich gebe dir jetzt meine neue Nummer. Die rufst du an, wenn es brenzlig wird. Es kann sein, dass ich mein altes Telefon bald nicht mehr nutzen kann."

Nina sieht ungläubig auf die Telefonnummer mit spanischer Vorwahl.

„Nina." Salvatore wird ernst, ergreift Ninas Hände und sieht ihr tief in die Augen. „Nach dem zu urteilen, was du erzählst, werde auch ich nicht nach Palermo zurückkönnen. Bitte vertrau mir. Melde dich. Ich hole euch ab, überall. Wir fangen ein neues Leben an."

Nina verstaut zögernd die Telefonnummer in ihrem Portemonnaie und trocknet ihre Tränen.

„Ich bin Anwältin, Salvatore, im Notfall hole ich dich da raus.

„Ja genau, als Hausfrau in Kalabrien, und Mafiatochter, wie denn! Nina, jetzt wirst du naiv, wir müssen fliehen, bald! Überleg es dir, wenn ich dir etwas bedeute."

Nina schweigt lange, dann nickt sie langsam.

Vor ihnen drehen drei Haie ihre Runden. Eine Nonne nickt ihnen freundlich zu.

„Du hast recht, Salvi. Das hier ist kein Leben, egal was war, lass es uns wagen."

Ein paar Tage später in Palermo …

Der Padre hat seine Brüder Massimo und Pepe zu einer Krisensitzung in die Villa Pulvirenti einbestellt.

„Sie haben sich also wieder getroffen? Unser Salvatore und die kleine Anwältin des Pappalardo-Clans", verkündet der Padre und seine Augen verdunkeln sich.

„Laut meinen Informanten, regelmäßig in Palermo in einer Bar und jetzt sogar in Rom, im Zoo!", sagt Bruder Pepe nicht ohne Stolz.

Der Padre läuft zuerst blutrot an, dann antwortet er ganz ruhig.

„Ich dachte, mit den Praktika bei Massimo und dir kommt Salvatore endlich auf andere Gedanken. Aber nein, er ist ein elender Verräter. Er ist keiner von uns. Ich habe es immer gewusst. Findelkinder taugen nichts. Nur die Mamma war immer anderer Meinung. Das wird schon, nur Geduld, armer Salvi, man kann alles lernen. Bla bla bla … miseria, gar nichts wird! Meine Geduld ist am Ende. Was meint ihr? Unsere Ehre steht nun auf dem Spiel."

Pepe und Massimo blicken betreten aus dem Fenster. Jeder weiß, mit dem Wort *Ehre* ist bei der Cosa Nostra nicht zu spaßen.

„Willst du ihn vielleicht erst einmal zur Rede stellen?", meint Pepe.

„Wozu? Das kann man nicht mehr kitten", sagt der Padre resigniert.

„Läuft nicht bereits eine Suche nach ihm wegen des Mordes an Don Pappalardo?", fragt Massimo vorsichtig.

„Woher weißt denn du das?", fragt der Padre und wendet sich Massimo zu.

„Nur so eine Vermutung. Wenn sie ihn schnappen, kommt er sowieso hinter Gitter."

„Noch schlimmer! Das fällt auch auf uns zurück und wir geben zu, dass wir damit was zu tun haben. Ganz ehrlich, Brüder, ich sehe jetzt lang genug zu. Das wird nichts mehr, er muss weg. Lassen wir es wie einen Unfall aussehen. Was meint ihr?"

Pepe und Massimo sehen sich schulterzuckend an.

„Wenn du meinst. Du bist der Älteste", sagt Pepe. „Die Kirche soll damit aber bitte nichts zu tun haben, du verstehst. Er ist ja gerade bei uns. Ich will da nicht mit reingezogen werden."

„Keine Sorge, Pepe, das wäre in der Tat viel zu riskant. Da stünde die ganze Kohle aus Rom auf dem Spiel", beschwichtigt ihn der Padre.

„Ich könnte mich drum kümmern", meint Massimo. „Im Meer ist viel Platz."

Der Padre nickt anerkennend.

„Bravo Massimo, einverstanden. Schlag ein. Wie früher."

Eben nicht wie früher, als ihr mich absichtlich am Marterpfahl vergessen habt, denkt Massimo, während er einschlägt.

Der Padre spricht weiter. „So, und wenn schon, denn schon, dann kümmern wir uns auch gleich um die restliche Familie Pappalardo, die, wie ich höre, im Moment auch in Rom verweilt. Ich schlage vor, Söhne Gianni und Sergio fahren mit nach Rom und löschen sie aus. Aber diese Nina und ihre kleine Tochter, die sollen sie mir lebend nach Palermo bringen."

Pepe nickt. „Gefällt mir! Mein Helikopter steht zur Verfügung. Nur, was willst du mit den Mädels dann anstellen?"

„Keine Sorge, hübsche Frauen kann man immer zu etwas gebrauchen", antwortet der Padre.

Mit diesen Worten und einer Runde Havannazigarre endet die Besprechung.

*

„Was ist das für eine Telefonnummer? Spanische Vorwahl!", brüllt Riccardo Nina an. „Betrügst du mich mit einem Tapasfresser?"

„Und du? Was wühlst du in meinem Geldbeutel herum? Der ist privat", erwidert Nina verärgert.

„Seit wann ist bei uns etwas privat? Ruf da an, *subito*, ich will hören, wer das ist. Sonst mach ich's! Los, stell auf laut! Wird's bald!"

Ninas intelligentes Gehirn rast. Durch meinen Anruf werde ich Salvatore direkt zu den Pappalardo locken.

Undenkbar. Was soll ich tun? Wie kann ich den Anruf nur verschlüsseln?

„Bist du sonst auch so piano?"

Riccardo reißt ihr die Nummer aus der Hand. Er fängt zu wählen an und hält ihr den Hörer hin.

*

*Währenddessen ...*

Enzo streift die gebrauchten Handschuhe ab und wirft sie achtlos in die Klappe für bakterielle Abfälle. Die Operation ist gelungen. Ohrenanlegen ist seine Spezialität und nicht sehr kompliziert. Vor allem seit er diese neue, sehr einfache Technik ohne Vollnarkose nutzt. Die Patienten dürfen schon nach einem Tag ohne großen Verband nach Hause.

Die Methode bringt ihm großen Zulauf selbst aus dem Ausland. Kein Vergleich zu den Brustvergrößerungen und Bauchverkleinerungen. Die können schon mal schief gehen. Das Risiko lässt sich die Versicherung teuer bezahlen.

Wieder denkt er an seinen Freund Salvatore und dessen Wunsch nach einer Gesichtsoperation.

So ein Unsinn, denkt er bei sich und kritzelt eine Nase auf seinen Skizzenblock.

Das kann doch nicht die einzige Lösung sein. Vor allem nicht dieses hübsche Gesicht, in das ich heimlich verliebt bin. Ich sollte ihn anrufen. Wo steckt er überhaupt? Immer noch auf Kreuzfahrt?

Sein Blick fällt zufällig auf die Inbox seines Computers. Er sieht die lange erwartete E-Mail von einem bekannten Institut. Er öffnet den Anhang. Lächelt.

Habe ich es mir doch gedacht. Mir entgeht einfach nichts, ich bin der Beste, beglückwünscht er sich. Dann drückt er auf *Weiterleiten an Salvatore*.

# Anrufe

Salvatore schreckt auf. Das Telefon. Wieder ein Anruf von Unbekannt.

Er drückt auf *Annehmen*.

Es ist Massimo.

„Was ist los, Salvi? Wieso meldest du dich wieder nicht mit Hallo oder deinem Namen?"

„Man weiß nie, Massimo."

„Ich habe dich das beim letzten Mal schon gefragt. Du hast die Nummer doch nicht weitergegeben? So naiv bist du doch nicht, oder?"

Salvatore kocht innerlich, zählt bis zehn und wechselt das Thema.

„Was gibt's Neues?"

„Nichts Gutes. Die Famiglia hat dein Ende beschlossen. Sie haben herausbekommen, dass du dich mit der kleinen Pappalardo triffst. Das geht gegen die Ehre, das verstehst du doch, oder?"

Salvatore schweigt.

„Bist du noch dran?"

Salvatore schluckt.

„Ob du das verstehst?", wiederholt Massimo ganz langsam.

„Ob ich es verstehe oder nicht, kann mir ja egal sein.

Ich bin quasi tot."

„Hör gut zu, Salvi. Du weißt, es ist unsere Chance! Ich habe ihnen nämlich gesagt, dass ich mich darum kümmere."

„Ach wirklich? Ich dachte, du bist mein Freund und Pate, nicht mein Mörder!"

„Salvi, du weißt genau, ich werde den Tod nur vortäuschen, den neuen Pass vorbereiten …"

„Und wenn die dabei sein wollen? Ich bin tot! Schachmatt!"

Salvatore legt auf.

Massimo versucht vergeblich, ihn nochmals zu erreichen.

Wie kindisch! Wenn er nicht von selbst will, werde ich ihn wohl zu seinem Glück zwingen müssen und die Famiglia bitten, ihn herzubringen, beschließt er für sich und wendet sich wieder seiner Routenplanung zu.

An einigen Orten auf der Seekarte macht er ein Kreuz. Dort war das Meer besonders tief.

Und was, wenn Salvatore recht hatte und alle beim Unfall dabei sein wollten?

Unwahrscheinlich. Ein Alibi war seinen Brüdern meist lieber. Aber Salvi hatte seine Lektion gelernt. Wissen konnte man nie.

Irgendwie war er stolz auf seinen Neffen!

Leider hatte er keine Zeit gehabt, ihm noch zu sagen, dass Sergio und Gianni auf dem Weg nach Rom waren, um die Familie Pappalardo auszulöschen und Nina und Maria als Geiseln mitzunehmen.

*

Salvatore knallt das Telefon auf die Mönchspritsche. Er ist stinksauer. Jetzt hat er die gesamte Cosa Nostra am Hals. Wie haben sie das mit ihm und Nina nur herausgebracht?

Egal. Er schiebt vorsichtshalber einen Stuhl vor die Tür, legt sich auf sein Bett und starrt an die dunkle Decke. Sein Atem geht mechanisch, während sein Herz gegen seinen Burstkorb hämmert.

Noch atme ich, aber wie lange noch?

Viele einzigartige Momente seines Lebens ziehen vor seinem geistigen Auge vorüber.

Ninas Schulranzen, die Touren mit ihr auf seiner ersten Vespa. Das romantische Treffen mit ihr vor ihrer Zwangshochzeit mit Ricardo, Marias Zeichnung, die Mamma mit ihrer Zitronenlimonade ...

Nach einigen unendlichen Minuten wird er durch ein neues Klingeln aufgeschreckt. Diese Nummer kennt er auswendig.

Nina! Sie braucht also Hilfe.

Mit feuchten Händen nimmt er ab.

„Pronto?"

„Der Lautsprecher ist an", hört er Nina sagen.

Salvatore ist sofort hellwach. Das war eine Warnung! Glasklar.

„Entschuldigen Sie, mein Mann will wissen, wem diese spanische Nummer gehört."

Salvatore ist sprachlos. Wie war das möglich?

Nina war doch sonst so umsichtig. Was sollte er sagen?

„Wir leiten ein Bestattungsinstitut mit Filialen in Italien", sagt er mit verstellter Stimme und spanischem Akzent. „Hatten Sie einen Trauerfall? Vielleicht haben wir diesbezüglich telefoniert? Entschuldigung, ich habe gerade sehr wenig Zeit, ich muss zu einer Einäscherung."

Schnell hängt er ein.

Er wusste nur, er selbst war so gut wie tot, und Nina und Maria schienen in ernsten Schwierigkeiten zu sein.

# Henkersmahlzeit

Am nächsten Morgen bringt eine der Nonnen Salvatore sein Frühstück.

„*Buon appetito*", meint sie fröhlich.

„Grazie!" Salvatore wird mulmig.

War das nicht die Nonne aus dem Zoo? Diese Nonnen, sie sehen doch alle gleich aus.

Er wendet sich wieder seinem Tablett zu. Daraus besteht also eine Henkersmahlzeit: Cappuccino, Biscotti und Orangensaft …

Salvatore fühlt sich wie ein Sklave, der heute den Löwen zum Fraß vorgeworfen werden soll. *Genau so haben sich sicher all unsere Mafiaopfer gefühlt.*

Eine innere Stimme wird langsam lauter.

Jetzt reiß dich zusammen. Werde ein Gladiator! Schlag sie einfach mit den eigenen Waffen.

Schnell schlingt er die Kekse und den Cappuccino hinunter und packt das Nötigste in seinen Rucksack. Seinen Koffer aus Palermo schiebt er achtlos in eine Ecke.

Wohlweislich nimmt er die Waffe mit, die er unter dem Neuen Testament in der Schublade des Nachtkästchens gefunden hatte.

Die Nonne steckt wieder den Kopf durch die Tür: „Wo wollen Sie denn hin? Ihr Onkel wartet schon auf Sie!"

„Sagen Sie ihm bitte, ich will noch duschen und dann mit meinem Guide *Castel Gandolfo* anschauen", schwindelt Salvi und schiebt sie behutsam aus der Zelle.

Er wartet, bis sie den langen Gang verlassen hat.

Noch einmal lasse ich mich nicht verfolgen!

Das Kätzchen und er schleichen geschickt durch eine Seitentür aus dem Vatikan. Während die Katze wieder ihrer Wege geht, taucht er in den Touristenstrom am Petersplatz ein. Ein Taxi fährt ihn in wenigen Minuten dicht an Ninas Wohnung. Salvatore sagt dem Fahrer, er solle doch bitte warten.

Hunderte Male war er dabei, wie es die anderen taten, aber diesmal würde er es selbst tun, für sich, für Nina, für Maria. Aus Liebe und nicht wegen Geld oder Rache oder Ehre oder einer der anderen seltsamen Ausreden.

Wenigstens das will ich vor meinem Ende gut machen, denkt er sich.

\*

Die Haustür in der Via dei Condotti ist offen. Seltsam. Rasch geht er hoch in den ersten Stock.

Dingdong! Ich bin vom spanischen Bestattungsinstitut. Genau das würde er sagen. Dann abdrücken und mit Nina und Maria ins Taxi steigen. So einfach war das.

Die Wohnungstür ist auch nur angelehnt.

Naja, ich kann meinen Satz auch ohne Dingdong sagen, denkt Salvatore noch.

Langsam öffnet er die Tür.

Lässt die Waffe kraftlos sinken. Er ist zu spät.

Jemand war vor ihm hier. Riccardo und Ninas Bruder, der messerstechende Fernando, liegen erschossen am Boden.

Von Nina und Maria keine Spur.

Auf dem Tisch, wie dreist, ein makaberer Zettel: *Willkommen im Jenseits!*

Salvatore erkennt sofort Sergios Lieblingssatz. Wie damals, als sie Don Pappalardo umgebracht haben. Sie sind also hier gewesen. Wie kann das sein? Sie mussten Fernando und Riccardo bis nach Rom gefolgt sein. Und nun haben sie Maria und Nina mitgenommen!

Ihn schaudert, während er Marias Teddy aufhebt.

Es war der gleiche, den er in seinem Zimmer in Palermo hatte.

Er hatte beide Teddybären vor einiger Zeit in einem Lunapark gekauft, einen für sich, einen für Maria.

Nina, Maria, wo seid ihr?

\*

Im Flur hört er Schritte.

Die Tür fliegt auf und zwei Männer füllen den Raum. Ein großer, langer und ein kurzer, dicker mit Akne.

„Polizia di Roma! Legen Sie die Waffe weg. Sie sind wegen Mordes verhaftet!", ruft der Lange.

„Alles, was Sie sagen, kann gegen Sie verwendet werden. Sie müssen sich nicht selbst belasten. Wollen Sie mit einem Anwalt sprechen?", fügt der Kurze hinzu.

„Ja, ich will mit Nina Pappalardo reden, der Frau und Schwester der beiden Toten. Sie ist meine Anwältin. Versuchen Sie, sie und ihre Tochter Maria zu finden. Bitte. Schnell! Sie sind in Gefahr. Geiseln meiner Familie. Sehen Sie diesen Zettel? Der ist von meinem Bruder Sergio … Sie werden bald einsehen, dass mich keine Schuld trifft und die Schüsse nicht aus meiner Waffe kommen."

Salvatore legt seine Pistole bereitwillig auf den Küchentisch mit der rot-weiß-karierten Tischdecke.

„Können wir bitte noch dem Taxifahrer Bescheid geben? Er wartet unten und hat mein Gepäck."

Die beiden Polizisten sehen sich ungläubig an.

Wie ein Mörder sieht der nicht aus. Und was faselt der da? Wohnt im Vatikan? Ein Irrer! Wer weiß, was wir in seinem Gepäck noch finden.

„Erstmal mitkommen!", befiehlt der Oberpolizist.

Nachdem der Leichenwagen und die Spurensicherung eingetroffen sind, schiebt er Salvatore mit den Händen auf dem Rücken nach unten in den Polizeiwagen. Der andere Polizist holt inzwischen Salvatores Gepäck aus dem brav wartenden Taxi.

Salvatore hätte sich losreißen und weglaufen können. Das gehört bei der Cosa Nostra zur Grundausbildung. Aber irgendwie fühlt er sich in Sicherheit, wie im Bauch der eigenen Mamma. Endlich kann er wieder klar denken.

# Luigi macht Karriere

Nach einigen Stunden im Revier kommt der lange Polizist zurück.

„Also, Signor Pulvirenti. Ihre Anwältin Nina Pappalardo haben wir nicht gefunden. Die genannte Kanzlei in Palermo gibt es nicht mehr und mobil hebt keiner ab. Sie bleiben in U-Haft!"

„Dann würde ich jetzt gern mit meinem Freund Luigi Barbagallo bei der Polizei in Palermo telefonieren", erwidert Salvatore.

„Barbagallo? Ist das etwa der Sohn des dortigen Polizeipräsidenten?" Der Polizist scheint beeindruckt.

„Genau der!", erwidert Salvatore.

„Ich sehe, was ich machen kann. Ach übrigens, gratuliere!", sagt der Polizist und schmunzelt.

„Wozu gratulieren? Dass ich hier einsitze, die Mörder frei rumlaufen und ich nichts tun kann?"

Salvatore findet das mehr als makaber.

„Nein, Sie sind Vater geworden. Hier eine neue Nachricht, die Sie vielleicht interessiert. Sie ist von einem Arzt mit Vornamen Vincenzo, in ihrer Mailbox. Maria, ein schöner Name für ein Mädchen. Schade, Sie werden wohl noch ein Weilchen bei uns im schönen Rom bleiben müssen."

Salvatore schluckt, nimmt das E-Mail an sich und studiert das Ergebnis. Hat er es nicht auch immer geahnt? Der DNA-Test ist eindeutig! Maria ist also tatsächlich seine Tochter. Verdammt, Enzo, wie hat er das angestellt?

„Dann glauben Sie mir jetzt?", ruft Salvatore und richtet sich auf. „Meine Tochter und ihre Mutter sind Geiseln der Mafia! Da kann man doch nicht untätig herumwarten. Ich will sofort meinen Freund, Commissario Luigi Barbagallo, sprechen. *Subito!*"

„Ja, ja … " Der Polizist spürt, dass es hier um etwas Größeres geht.

Er reicht ihm das Telefon.

„Okay. Hier! Rufen Sie ihn an, aber machen Sie es kurz. Der Oberstaatsanwalt ist gleich hier!"

\*

Aufgeregt wählt Salvatore Luigis Nummer.

„Luigi! Bist du das?"

Salvatore meint die Stimme seines alten Freundes zu erkennen.

„Ja, ich bin's. Mann, Salvatore, wo bist du? Wir haben hier einen Riesenschlamassel in Palermo! Nach dem Tod von Don Pappalardo herrscht hier Rachefeldzug und Bandenkrieg. Und sie fahnden nach dir!"

„Recht erfolgreich waren die aber nicht. Aber jetzt

hast DU mich ja gefunden. Ich bin unschuldig im Knast bei deinen Kollegen in Rom! Ich mach's kurz: Willst du noch Karriere machen?"

Luigi wird hellwach. Soeben hat Salvatore ein Licht in seinem dumpfen Alltag angeknipst. Sofort wittert er seine Chance.

„Klar, ich will endlich mal einen Fall lösen, Salvatore! Als kleiner Angestellter komme ich doch sonst nicht weit." Luigi plustert sich auf.

„Also, Luigi, ich mache endlich deinen Kronzeugen. Bitte hol mich hier raus und such nach Nina und Maria! Es ist dringend. Sie sind in den Händen meiner Familie! Halt, meine Familie sind ja Nina und Maria."

Luigi setzt sich verdattert auf seinen kleinen Drehhocker in seinem Büro. Um ihn herum stapeln sich unerledigte Akten. Ein kleiner Ventilator ersetzt die Klimaanlage.

„Jetzt nochmal ganz langsam, Salvi, und von vorne. Ich nehme das Gespräch vorsichtshalber auf."

Er drückt auf Start.

„So, fertig, und nun schön der Reihe nach. Sag mir alles was du weißt."

\*

Nach dem Geständnis ist Salvatore völlig leer.

Er kann nur noch hoffen und beten, dass sein Schulfreund Luigi dieser Aufgabe gewachsen ist.

Vermutlich spricht er mit dem Oberstaatsanwalt, leitet die Fahndung nach Maria und Nina ein und lässt die gesamte Familie Pulvirenti auffliegen.

Nur für Massimo hat Salvatore ein gutes Wort für mildernde Umstände eingelegt. Er hat schließlich sein Bestes versucht, um ihm zu helfen.

*Dio mio*, lass nur Maria und Nina unversehrt aus der Sache herauskommen. Fest drückt er den Teddy von Maria an sich. Er wagt nicht zu denken, wo und bei wem sich die beiden im Moment befinden mochten. Er kennt den Padre. Frauen werden bei ihm nicht ermordet, sondern eingesammelt und irgendwo eingesetzt, wie er es nennt.

\*

Nach einigen sehr langen, stillen Tagen voller Angst wird Salvatore überraschend Besuch angekündigt.

Er sieht in den matten Spiegel und fragt sein besorgtes Antlitz, wer es wohl sei.

Flüchtig erfrischt er sich am Waschbecken und streift ein frisches Hemd über. Konzentriert folgt er dem Wachtmeister in den kahlen Besuchsraum.

Er staunt nicht schlecht, als seine treuen Freunde Enzo und Luigi vor ihm sitzen.

„Du siehst immer noch gut aus, amico, trotz der Umstände", sagt Enzo und mustert Salvatore.

„Tja, viel passiert, seit wir am Hafen von Palermo standen. Und schließlich bin ich Papa geworden, wie du weißt", erwidert Salvatore.

Während Enzo wissend nickt, wetzt Luigi auf dem Stuhl hin und her und ergreift gewichtig das Wort.

„Also, Salvatore, zur Sache. Es gibt gute Nachrichten. Dir wird bei Aussage gegen die Mafia tatsächlich Personenschutz gewährt. Das gilt auch für deine neue Familie. Schau mal, ich habe dir nämlich jemand mitgebracht."

Hinter einer grauen Mauer tritt eine lächelnde, aber sehr blasse Nina in geblümtem Sommerkleid hervor. An ihrer Hand die kleine Maria.

„Salvi", ruft Maria spontan und läuft mit wehenden Haaren in Salvatores Arme. „Schau mal, ich war in deinem Zimmer in Palermo, hier dein Teddy! Ich habe ihn dir zum Trost mitgebracht."

Salvatore hebt seine kleine Tochter hoch und drückt sie liebevoll an sich. „Und ich habe deinen Teddy gefunden, piccola Maria! Endlich sind wir alle zusammen", flüstert er ihr ins Ohr.

Nina kommt langsamen Schrittes auf Salvatore zu.

Sie wirkt müde. Salvatore nimmt sie behutsam in seinen Arm.

„Alles gut gegangen?", fragt er vorsichtig.

Nina lächelt. „Alles nochmal gut gegangen! Dank dir, unserer Maria und deinen Freunden. Ihr habt alles richtig gemacht", sagt sie leise und voller Stolz. „Unser Leben kann nun endlich beginnen."

„Jetzt bitte kurz Schluss mit Romantik", meint Luigi verlegen und legt einen dicken Wälzer auf den Tisch. „Schaut euch bitte den neuen Kronzeugenkatalog an. Ihr müsst euch zügig neue Namen aussuchen. Was euren Aufenthaltsort betrifft: Hier, wie wäre es damit? *Mitarbeit in einer kleinen Montessorischule auf Capri.* Dort wart ihr doch früher immer so glücklich. Und das Kind kann gleich etwas Sinnvolles lernen. Was meint ihr? Würde euch das gefallen?"

Nina und Salvatore sind sprachlos. Kein Wort kommt über ihre Lippen. Für beide geht ein Traum in Erfüllung. Sie sehen sich tief in die Augen und nehmen Maria sanft in ihre Mitte.

„Also ich fände es dort cool", meint Maria fröhlich und begutachtet die Fotos im Katalog.

„Ihr braucht doch jetzt nicht gleich Tränen wegen eines Umzugs zu vergießen. Capri soll wirklich schön sein und Onkel Luigi und Onkel Enzo kommen uns bestimmt oft besuchen, stimmt's?"

„Klar!", sagen die beiden gleichzeitig zu Maria.

„Wie können wir euch das nur danken?", meint Salvi stockend.

„Das hast du mit deiner Zeugenaussage schon gemacht!", grinst Luigi. „Wir sind quitt! Ich persönlich habe die Mörder in der Villa in Palermo und den fetten

Betrüger aus Rom abführen lassen. Der Papst staunte nicht schlecht. Die Mamma und den Opa haben wir vorerst noch verschont. Es wird alles einen mächtigen Medienrummel geben.

Aber eines ist klar: Ich, Luigi, werde irgendwann Polizeipräsident, wie mein Papa!

So, und jetzt pack schnell deine Sachen, Salvatore, wir müssen los!"

# Capri

Flug Alitalia hebt sanft ab. Die Küste Italiens zeichnet sich im Dunst ab. Im Meer kreuzen einige Schiffe. Ob der gute Massimo auf einem der Schiffe einen Campari Soda trinkt?

Salvatore wird Luigi nachher fragen.

Neben Salvatore sitzt Nina und zurrt Marias Gurt fest. Das ist nicht so einfach, denn sie hält beide Teddies im Arm.

Hinter ihnen machen Enzo und Luigi Scherze mit der Stewardess.

Eine neue Leichtigkeit erfüllt Salvatores Herz.

Er hat seine Freunde vermisst und letztendlich sich selbst und seine neue Familie gerettet.

Es macht ihn fast ein bisschen traurig, dass er sich nun einen neuen Namen aussuchen muss. Salvatore, der Retter, war ja eigentlich schon irgendwie sehr passend.

Aber er ist sicher, Nina und Maria würden einen schönen für ihn finden.

Mit diesen Gedanken nimmt er Ninas Hand und schläft glücklich ein.

- FINE -

# Danksagung

Mein Dank und Anerkennung gilt:

Der Autorin Ulrike Dietmann, die mein Talent entdeckt und dieses Buch gefördert hat. Mehr über sie unter www.ulrikedietmann.de

Der Autorengruppe 2019, die bei der Entstehung dieses Buches dabei war und sich in meinen Schreibstil und Salvatore verliebt hat (siehe Leserstimmen).

Meinen Freunden, Familie und Kollegen, die mich in verschiedenster Hinsicht unterstützt und motiviert haben.

Nicht zu vergessen sind die vielen italienischen und französischen Orte, Lokalitäten und Begegnungen mit Menschen, denen ich sehr viel Inspiration verdanke.

# Über das Buch und die Autorin

Nach diversen humorvollen Kurzgeschichten erscheint mit „Salvatore, ein Mafioso sucht das Glück" der erste Roman von Mariana Boscaiolo.

Die Autorin ist gebürtige Regensburgerin. Nach ihrem Studium verbrachte sie einige Jahre in Italien. Heute lebt und arbeitet sie bei Paris.

Das Buch soll dem Leser Spannung und Freude bereiten, aber auch Mut zu Veränderung machen.

Auf der Reise durch das Mittelmeer findet der Leser das typische Flair Italiens und Südfrankreichs wieder. Somit ist der Roman auch eine erfrischende Urlaubslektüre. In diesem Roman spiegelt sich auch das Interesse der Autorin für Persönlichkeitsentwicklung, Mentoring und Coaching sowie ihre Liebe zu Kindern, Italien und Frankreich wider.

# Leserstimmen

**Ulrike Dietmann**
„Hier kommt alles zusammen: einzigartige Komik, ein absolut liebenswerter Salvi, die absurde, dramatische Grundsituation (Mafia), jede Menge Handlung, emotionale Wenden und Aussicht auf neue spannende Szenen. Perfekt!

Nah dran an Figuren und an der Situation. Die Unschuld des Autors beim Schreiben berührt. Dadurch wird der Schmerz groß, der Schmerz, den das Leben mit sich bringt, wird umhüllt mit unschuldiger Poesie. Fantasie und Sprache legen sich in die Handlung wie in ein Bett und träumen. Es ist immer ein Genuss."

**Heike Stadelmann**
„Ich liebe die südländischen Beschreibungen, gedanklich sitzt man dort in diesem Café am Marktplatz und hat all die Köstlichkeiten vor sich. Die Autorin versteht es, uns in dieses südländische Flair eintauchen zu lassen, so leicht und plätschernd nebenher. Dazu ein gnadenloser Padre, der Salvatore im Nacken sitzt."

### Victoria Mertens

„Spritzig, elegant und seelenvoll. Mir gefällt die Mischung und diese herrlichen Bilder der Charaktere: witzig, aber nie albern, kantig, aber nicht zu rau. Und alles immer mit wenigen Worten auf den Punkt gebracht. Super! Und ach, der romantische Salvatore! Wie schön, mit ihm auf dem Schiff zu stehen!"

### Florentine Hein

„Von einem Gefühlsbad ins nächste ... bin süchtig, will mehr! Macht Spaß zu lesen, der Humor ist echt klasse. Ein absolutes Kult-Buch!"

### Susanne Schenk

„Der Welt würde etwas fehlen, wenn diese Autorin nicht schreiben würde."